COLLECTION FOLIO

Akutagawa Ryûnosuke

Rashômon

et autres contes

Traduit du japonais par Arimasa Mori
Préface de Jacques Dars

Gallimard

Préface

Nombreux sont ceux, même si tous ne le savent pas, qui connaissent au moins indirectement Akutagawa, pour avoir vu ce chef-d'œuvre du cinéma japonais : Rashômon, qui téléscope magistralement deux nouvelles très réussies de cet auteur, figure majeure de la littérature moderne de son pays. De tels courants d'échanges entre les cultures nous paraissent maintenant la chose la plus naturelle du monde ; or en l'occurrence il s'agit bel et bien d'un retour, car la littérature européenne de son temps avait durablement marqué Akutagawa.

Né à Tôkyô en 1892 dans un vieux quartier de Nihombashi, et recueilli dès son bas âge par la famille de sa mère devenue folle, il avait grandi chez ses parents adoptifs dans un mode de vie « à l'ancienne » et dans une atmosphère imprégnée de culture traditionnelle que la vague de l'occidentalisation n'avait pas encore touchée. Très tôt, il y avait acquis le goût des choses chinoises et japonaises et un fort penchant pour la littérature : dès neuf ans, il connaissait les

*classiques de la Chine et du Japon ; dès le lycée, il
avait excellé en « classique sino-japonais » (le* kanbun*,
aussi redouté là-bas que notre latin-grec) et lu bientôt
les auteurs chinois dans le texte, tout en découvrant
les modernes de son pays puis en se passionnant pour
des auteurs occidentaux comme* Yeats, Ibsen, Strind-
berg, Baudelaire, Mérimée, Anatole France. *Entré en
1913 à la Faculté des Lettres, il s'était lancé d'emblée
dans la littérature, avait traduit Yeats et A. France
et publié sa première nouvelle,* Vieillesse *(1914),
puis* Rashômon *(1915) et en 1916* Le nez, Gruau
d'ignames, Un enfer de solitude ; *suivront* Le
Rapport d'Ogata Ryôsai *(1917),* L'Illumination
créatrice, Le fil d'araignée, Figures infernales, *et,
après un grand voyage en Chine,* Chasteté d'Otomi
et Dans le fourré *(1922). Et, déjà, ce sont les dernières années de sa brève existence, avec une santé grave-
ment altérée, un ton différent et plus intime jusqu'à*
Villa Genkaku *et* Les Kappa, *parus en 1927, année
où il se donne la mort.*

*Avant d'ingérer le cyanure, il laisse en guise de
testament deux mots d'une énigmatique concision :
« Vague inquiétude », dont le mystère n'a pas fini de
nous troubler, et qui feront dire à son ami Shiga
Naoya : « Il ne pouvait faire autrement ». Pourquoi ?
Questionnement infini ! S'aventurer au bord de cet
abîme, c'est sinon prétendre démêler, du moins tenter
d'entrevoir l'écheveau d'une personnalité complexe et
d'un drame personnel dans un environnement particulier. Homme de vaste culture, Akutagawa fut en*

son temps une manière de creuset où se rejoignaient l'Est et l'Ouest, et c'est l'ambition, peut-être insensée, de réussir littérairement cette fusion, qui l'anima en permanence d'un souci de perfection obsessionnel, absolu. Quand le Japon rencontre l'Occident, le choc est d'une violence que nous n'imaginons guère, nous qui découvrons alors, dans un doux alanguissement fin de siècle, et les belles estampes et les mièvres japonaiseries. Là-bas, il s'agit vraiment d'un séisme qui brise un monde clos et pousse les uns à se lancer dans l'occidentalisation et dans le modernisme avec une outrance frénétique, les autres à se réfugier dans l'archaïsme nostalgique d'un monde révolu, peut-être phantasmatique.

À l'époque, tous les Japonais, et les écrivains au premier chef, ont pourtant conscience de participer peu ou prou à la métamorphose d'une culture et à la modernisation du pays. Mais après une très relative émancipation sociale et familiale, et la confusion initiale entre politique et littérature des vingt premières années de la révolution de l'ère Meiji (« gouvernement éclairé ») viennent d'abord les écrivains préoccupés par la libération de l'individu, ceux qu'on appela « romantiques » (Izumi Kyôka et d'autres). Après la guerre russo-japonaise (1904-1905), l'accession du Japon au rang de grande puissance et la répression par l'État de tout esprit libéral et individualiste, les écrivains en quête désespérée d'émancipation se rabattent sur l'observation et l'analyse de leur condition, sur la description minutieuse de leur

*milieu et de leur existence : ce sont les « naturalistes ».
Du naturalisme français, Huysmans avait pu dire
qu'il « devait rendre l'inoubliable service de situer des
personnages réels dans des milieux exacts ». Du naturalisme japonais, dont les visées et les vertus étaient
analogues, on a observé que son mérite principal fut
d'avoir séparé la langue écrite de la poésie et donné
naissance à une véritable prose apte à peindre toutes
les nuances d'un réel précisément prosaïque. Malgré
cet acquis précieux, l'école naturaliste japonaise était
comme la française « condamnée à se rabâcher, en
piétinant sur place » (toujours Huysmans). Quelques
auteurs s'obstinent, d'autres, Shiga Naoya par exemple, se tournent vers le « moi », tandis que certains,
dits « décadents » tels Nagai Kafû ou Tanizaki, se
replient sur les jouissances morbides de paradis arti-
ficiels.*

*C'est alors qu'Akutagawa fait son entrée sur la
scène littéraire. Il est plus qu'aucun autre habité
simultanément par ces deux tendances fondamentales
et opposées : nourri des classiques japonais et chinois,
mais connaisseur des littératures anglaise et française,
imbibé des recueils de contes japonais traditionnels
dont il rêvère « l'antique simplicité » mais admirateur
de la manière sèche et détachée de conteurs comme
Mérimée ou France, il met son énergie et son talent à
inventer une nouvelle voie, à exprimer son angoisse
personnelle et moderne en la coulant dans le moule
des récits japonais médiévaux (tels ceux du fameux
Konjaku monogatari, datant du XIe siècle) ; il*

*ravive, ranime ce genre ancien, dont il abolit la dis-
tance temporelle, en emprunte le cadre et la matière, et
le transmue en y instillant son « inquiétude » existen-
tielle personnelle tout autant que la sensibilité surai-
guë, la complexité psychologique, les doutes et anxiétés
d'un écrivain contemporain. Il devient donc en personne le théâtre de l'affrontement dramatique entre
antiquité et modernité, le point focal — et ce foyer le
consumera — de la rencontre de deux formes de
culture antagonistes entre lesquelles il ne veut pas
devoir choisir mais dont la coexistence suscite chez
lui à la fois attachement et déchirement, égarement et
acharnement.*

*Le seul artifice permettant pareille acrobatie mentale
est, bien entendu, la littérature, à quoi Akutagawa
« ne pouvait faire autrement » que s'adonner, d'une
façon toute personnelle, toutefois. Comme le dit son
traducteur, « la prose suffisamment assouplie des naturalistes, le "moi" pieusement cultivé par les idéalis-
tes et le goût raffiné des décadents constitueront la
charpente de son œuvre littéraire » ; mais si les écrivains de ces trois Écoles avaient en commun, selon la
tradition, de fondre, voire de confondre la vie et la littérature, l'originalité d'Akutagawa est de les séparer
radicalement ; la littérature est pour lui — à l'instar
de ses contemporains Mori Ogai ou Natsume Sôseki —
un métier, un art, non un mode d'existence : attitude
plus intellectuelle et plus consciente, sèche, froide, dis-
tanciée d'un homme qui entend construire un monde
à part, purement littéraire. Voilà qui explique en*

grande partie qu'il ait tellement scruté la technique des contes, expérimenté tous les modes d'écriture, et qu'il ait choisi en définitive non le roman, mais le conte et la nouvelle, formes brèves qui exigent d'être élaborées, condensées et ciselées à l'extrême.

Sur le fond, rien n'y ressortit à la réalité immédiate et courante ; l'émotion engendrée, de nature purement esthétique, vise à être intense et pure ; dans la forme, rien n'est laissé au hasard, chaque détail est pertinent, chaque phrase porte. Une langue aussi souple que riche et efficace permet à l'auteur de s'adapter en virtuose à toutes les situations, de prendre pour décor et de ressusciter toutes les époques, et cet artisanat d'une habileté et d'une minutie quasiment maladives devient un art suprême, parfait. L'ambition permanente d'Akutagawa fut de susciter chez le lecteur, à petit bruit et par une démarche calculée et réfléchie ménageant des paliers psychologiques savamment ourdis, un frémissement, une émotion inattendus, d'intensité croissante, culminant dans une sorte de brutal bouleversement esthétique. Le secret de cette alchimie et de sa réussite reste, cela va sans dire, réfractaire à toute analyse, et c'est ici qu'entrent en jeu la personnalité complexe et le monde intérieur tourmenté de l'auteur. Mais c'est ici aussi qu'ils le guettaient : dans ses dernières années, loin de se féliciter d'avoir mis tous ses dons et toute son énergie dans la réalisation de ces beaux objets d'art d'une réussite achevée, sortes de figures infernales elles aussi admirablement peintes — il les trouva factices et elles lui parurent manquer

d'un centre vital propre qui les eût animées de l'inté-
rieur. Ce fut un drame profond qui l'amena d'abord,
en 1925, à écrire des nouvelles dont il était le héros
plus ou moins avoué, et où son écriture se faisait aisée,
spontanée ; puis, après des mois de relative stérilité,
jaillirent en 1927, comme dans la prescience d'une
grande urgence, Kappa, Villa Genkaku, Engre-
nage, Vie d'un idiot *et d'autres textes où il se mon-*
tre toujours aussi brillant écrivain, mais où une
névrose incontenue, incontenable, avec ses halluci-
nations et ses hantises au bord de la démence, et un
« moi » (trop ?) longtemps refoulé affleurent ou sur-
gissent à la surface d'une œuvre où l'autobiographie
devient lisible. « Ce dévoilement progressif d'un monde
intérieur qu'il portait en lui coïncidait avec la lente
montée de la folie », dit A. Mori, qui observe que cette
folie personnelle tant redoutée parut se confondre avec
celle dont souffrait l'époque : 1927 fut une année de
marasme, avant la panique qui devait gagner tous
les intellectuels japonais. Akutagawa, alerté plus tôt
et plus que d'autres par une sensibilité morbide et des
tourments personnels incessants, n'avait pas trouvé
d'issue. À l'aube du 24 juillet 1927, dans une dernière
et lucide prise de distance vis-à-vis de la folie collec-
tive qui allait emporter ses contemporains et dans un
ultime sursaut de tragique liberté, il préféra se lais-
ser engloutir seul et volontairement par la « vague
inquiétude ».

JACQUES DARS

Note de l'éditeur

Les quatre contes rassemblés dans ce recueil sont particulièrement représentatifs de l'œuvre d'Akutagawa. Ils sont extraits de *Rashômon et autres contes*, paru en 1965 dans la collection Connaissance de l'Orient. Dans cette édition figure une préface du traducteur, Arimasa Mori, qui fournit une biographie de l'auteur et étudie les débuts de la littérature moderne au Japon ainsi que la situation, l'évolution et le style d'Akutagawa.

Rashômon parut dès 1915 dans la revue littéraire *Shinshichô (Idées nouvelles)*, qui publia les premiers écrits d'Akutagawa, encore étudiant. Dans ce bref récit, un miséreux qui hésite entre mourir de faim et voler, s'abrite de la pluie à la Porte Rashô, une ruine transformée en charnier ; dans la pénombre du crépuscule, il avise, accroupie parmi les dépouilles nauséabondes, une vieille hirsute et fantomatique en train d'arracher des cheveux aux cadavres... La tension croît jusqu'à un paroxysme, avant que tout, les lieux, la morale et les actes cauchemardesques, ne sombre dans les ténèbres.

Dans le fourré, qui date de 1922, aligne les successives dépositions faites à la suite d'un meurtre devant le lieutenant criminel par un bûcheron, un moine itinérant, un mouchard, une vieille femme, un brigand (qui revendique l'assassinat), l'épouse de la victime (qui le revendique également) et enfin, parlant par le truchement d'une sorcière, l'esprit du mort (qui prétend s'être suicidé). Cette nouvelle magistrale, où le chroniqueur ne fait que relater sans jugement les versions contradictoires, plonge le lecteur dans un trouble inexplicable et inextricable.

Figures infernales, publié en 1918, renouvelle, comme les deux contes précédents, un récit d'un recueil du XIIIᵉ siècle, le *Konjaku monogatari*. Ce conte donne une parfaite idée de l'imagination hallucinée d'Akutagawa, qui semble n'avoir eu qu'à fermer les yeux pour visualiser les scènes et les transcrire dans son style imagé, lapidaire, savamment indifférent, parsemé de notations descriptives et de menus détails qu'il égrène avec la neutralité en apparence candide d'un chroniqueur ancien. Pour nous, la saveur très spéciale du texte tient en grande partie à ce décalage étrange et concerté entre le ton mesuré, patient, attentif, d'une scrupuleuse relation anecdotique, et l'enchaînement implacable d'événements d'emblée dramatiques, puis tragiques, qu'accompagnent en cortège des visions d'une horreur toujours plus atroce.

Gruau d'ignames parut en 1915. Son pauvre hère de héros, ridicule bas-officier au nez rouge, desservi par son apparence, sa tenue, sa timidité et la vie de chien persécuté qui est la sienne, cache pourtant un « homme » digne de compassion, en qui palpite depuis toujours un unique désir : se rassasier une fois dans sa vie d'un mets royal auquel il peut à peine goûter une fois l'an, le gruau d'ignames à la cannelle. Conter comment ce souhait se réalisa plus facilement qu'il ne l'eût imaginé est le but de cette histoire, laquelle n'omettra pas la moindre péripétie de cet événement insignifiant ; le piètre personnage, successivement en proie à la convoitise, au doute, à la peur, à l'étonnement, à la résignation, à l'impatience, au découragement, à l'inquiétude... est mené par un haut dignitaire aux pouvoirs étranges dans une lointaine équipée hivernale vers un festin qui fera plus que le combler. On admire ici l'acuité et la souplesse d'un style narratif tout en minuties, en détails, en nuances, qui font de ce conte une succession de scènes de genre colorées et vivantes, témoignant avec éclat du talent précoce et magistral de l'auteur.

Rashômon

Cela s'est passé un jour au crépuscule : un homme de basse condition était là, sous la Porte Rashô, à attendre une accalmie de la pluie.

Il n'y avait personne d'autre que lui sous la vaste Porte. Seul, sur une colonne énorme, dont l'enduit rouge était tombé par endroits, un criquet s'était posé. La Porte Rashô se trouvant dans l'avenue Suzaku, on se fût attendu à y rencontrer, outre cet homme, deux ou trois personnes, des femmes en chapeau conique ou des hommes coiffés d'*eboshi*, cherchant abri contre la pluie. Et pourtant, il n'y avait personne d'autre que lui.

Pourquoi ? direz-vous. Ces deux ou trois dernières années, une suite de calamités — tremblement de terre, cyclone, incendie, famine... — s'étant abattues sur la ville de Kyôto, il s'en était suivi une désolation peu commune dans toute la capitale. Une ancienne chronique dit même qu'on y brisait les statues de Bouddha, les objets du culte bouddhique, et en empilant le bois — encore enduit de cinabre ou plaqué d'or et d'argent — au bord du chemin, on les vendait pour servir de matériau de chauffage. Comme la capitale elle-même se trouvait dans cet état, on avait, bien entendu, renoncé à la réfection de la Porte Rashô ; personne n'y prêtait attention. Lorsqu'elle fut complètement tombée en ruine, renards et voleurs en tirèrent parti : les uns et les autres en firent leur gîte. Enfin, on en était venu à jeter les cadavres non réclamés dans la galerie de la Porte. À la chute du jour, les gens, pris de peur, n'en approchaient même pas.

En revanche, les corbeaux y venaient par bandes d'on ne sait où. Dans la journée, innombrables, ils venaient en cercle autour des hautes tuiles cornières, en croassant. Au coucher du soleil, ils se détachaient, comme des graines de sésame parsemées, sur le ciel empourpré qui s'étendait au-dessus de la Porte. Ils venaient, évidemment, becqueter les cadavres délaissés.

Ce soir-là, peut-être à cause de l'heure tardive, on n'en voyait pas un seul. Mais leurs fientes, collées çà et là, formaient de petites taches blanches sur l'escalier de pierre qui menaçait de s'écrouler et de longues herbes en envahissaient les fentes. Sur la plus haute des sept marches, l'homme, accroupi sur le pan de sa robe bleu foncé usée par de nombreux lavages, regardait, d'un air absent, la pluie tomber. Il ne se souciait que d'une grosse pustule poussée sur sa joue droite.

L'auteur écrivait tout à l'heure : « Un homme de basse condition était là à attendre une accalmie de la pluie. » À vrai dire, cet homme n'avait rien à faire, même si la pluie cessait de tomber. En temps ordinaire, il aurait dû rentrer chez son patron. Mais ce dernier l'avait congédié quatre ou cinq jours auparavant. À cette époque-là, la ville de Kyôto, comme je l'ai déjà dit, était sous le coup d'une désolation peu commune. Aussi la disgrâce de cet homme renvoyé par le patron qu'il avait servi depuis longtemps n'en était-elle en réalité qu'une conséquence insignifiante. Il aurait donc mieux valu dire : « Un homme de basse condition, dépourvu de tous moyens, était bloqué par la pluie, sans savoir où aller », qu'écrire : « Un homme de basse condition était là à attendre l'accalmie. » De plus, l'aspect du ciel, ce jour-là, contribuait sensiblement à la dépression morale de cet homme de l'époque de Heian. La pluie qui avait commencé à tomber vers la fin de l'heure de singe ne paraissait guère devoir cesser. Depuis quelque temps, l'homme, absorbé par le problème urgent de sa vie de demain — cherchant à résoudre une question qu'il savait sans solution —, écoutait, d'un air absent, en ruminant ses pensées décousues, le bruissement de la pluie qui tombait sur l'avenue de Suzaku.

La pluie enveloppait la Porte Rashô et, par rafales venues de loin, amplifiait le bruit de sa chute. Les ténèbres abaissaient peu à peu le ciel, et le toit de la Porte soutenait, du bout de ses tuiles cornières obliques, la lourde masse des sombres nuages.

Pour résoudre un problème insoluble, on ne peut pas s'attarder à choisir un moyen. Sinon, on pourrait bien mourir de faim au pied d'un talus ou au bord d'un chemin et son corps serait jeté dans la galerie de la Porte comme celui d'un chien crevé. « Si tous les moyens étaient permis ? » — la pensée de l'homme, après de multiples détours, se fixa enfin sur ce point décisif. Mais ce « si », en fin de compte, restait pour lui, toujours, le même « si ». Tout en reconnaissant que n'importe quel moyen serait justifié, il lui manquait le courage de faire le premier pas demandé par la situation même et d'admettre franchement cette conclusion inévitable : « Il n'est d'autre ressource que de se faire voleur. »

Avec un grand éternuement, l'homme se releva paresseusement. À Kyôto où la température baisse sensiblement le soir, le froid faisait déjà désirer un brasero. Dans l'obscurité qui commençait à régner, le vent soufflait violemment entre les colonnes de la Porte. Le criquet qui s'était posé sur la colonne enduite de cinabre avait disparu.

L'homme, le cou dans les épaules, regarda autour de la Porte, relevant les rabats de la robe bleu foncé qu'il portait sur du linge de couleur jaune. Car il s'était décidé à chercher, pour y passer la nuit, un coin qui lui permettrait de dormir à son aise, loin du regard des hommes, et à l'abri de la pluie et du vent. Son regard tomba sur une large échelle enduite de cinabre elle aussi, qui conduisait à la galerie de la Porte. Tous ceux qu'il pouvait rencontrer là-haut ne devaient être, de toute manière, que des cadavres. L'homme, alors, prudemment, afin d'éviter que son sabre à poignée nue ne se dégainât, posa son pied chaussé de sandales sur la première marche de l'échelle.

Quelques instants s'écoulèrent. À mi-hauteur de la large échelle qui conduisait à la galerie, le voilà qui, recroquevillé comme un chat, retenant son souffle, épie ce qui se passait en haut. La lueur venant de la galerie éclairait faiblement sa joue droite, la joue où, dans une broussaille de favoris courts, poussait un bourgeon rouge et purulent. L'homme, dès le début, avait été loin d'imaginer qu'il trouverait autre chose que des cadavres. Mais, ayant monté deux ou trois marches, il lui sembla qu'il y avait là une lumière tenue par quelqu'un et qui bougeait. Son soupçon venait de ce qu'une lueur trouble et jaune se reflétait, vacillante, et se déplaçait sur le plafond aux coins duquel pendaient des toiles d'araignée. Ce n'était certes pas un être normal qui, par cette nuit de pluie, tenait une lumière dans la galerie de la Porte Rashô.

L'homme, étouffant le bruit de ses pas comme un gecko, se hissa jusqu'à la dernière marche de l'échelle raide. Et le corps aplati, le cou allongé autant que possible, il scruta, presque transi de frayeur, l'intérieur de la galerie.

Ainsi qu'il l'avait entendu dire, les cadavres négligemment jetés jonchaient le sol. Mais, le champ de la lumière étant plus étroit qu'il ne l'avait imaginé, il n'arriva pas à en préciser le nombre. Il pouvait seulement distinguer, sous la faible lumière, des corps nus et d'autres encore vêtus. Il y avait des hommes et des femmes, semblait-il. Tous ces cadavres, sans exception, gisaient sur le plancher, à la manière de poupées en terre, bouches bées, bras allongés. Qui y reconnaîtrait des êtres vivants d'hier ! Certaines parties proéminentes de ces corps, comme les épaules ou la poitrine, éclairées par de vagues lueurs, rendaient le reste plus sombre encore. Ils étaient ainsi comme figés dans un mutisme implacable.

À l'odeur de pourriture, l'homme se boucha instinctivement le nez de sa main qu'il laissa vite retomber. Car une sensation plus forte vint presque abolir son odorat.

C'est qu'à cet instant ses yeux venaient de discerner une forme accroupie au milieu des

cadavres. C'était une vieille femme vêtue de gue-
nilles rousses, aux cheveux blancs, décharnée,
hâve, à l'aspect simiesque. Une torche de pin à
la main droite, elle se penchait, comme pour
l'examiner, sur la tête d'un cadavre à la longue
chevelure, ce qui laissait supposer que c'était
celui d'une femme.

Pétrifié par une peur mêlée de curiosité,
l'homme en eut le souffle coupé quelques instants. Pour emprunter l'expression de l'auteur
de l'ancienne chronique, il sentit « les poils de
son corps se hérisser ». Bientôt, la vieille femme
planta la torche entre les planches de la galerie
et, posant ses mains sur la tête du cadavre
qu'elle venait de contempler, se mit à retirer
un à un, à la manière d'une guenon épouillant
son petit, les longs cheveux qui, avec le mouvement de ses mains, semblaient s'arracher sans
peine.

Au fur et à mesure que les cheveux se détachaient, la peur de l'homme cédait la place à
une haine envers la vieille femme, haine qui ne
cessait de devenir de plus en plus vive dans son
cœur. Non, il ne serait pas exact de dire « envers la vieille femme ». On devrait plutôt dire
qu'une répulsion contre le mal s'empara de
lui, et qu'elle s'amplifiait de minute en minute.
Si, à cet instant, quelqu'un lui avait de nouveau
posé la question qui l'avait préoccupé sous la
Porte, à savoir l'alternative entre devenir voleur

et mourir de faim, nul doute que cet homme n'eût choisi sans hésiter la seconde possibilité. Car sa haine contre le mal commençait à s'enflammer comme la torche que la vieille femme avait fichée entre les planches.

Cependant, il ne comprenait pas pourquoi elle arrachait les cheveux des cadavres. Aussi lui était-il impossible de porter un jugement moral et raisonnable. Toutefois, pour lui, le seul fait d'épiler les cadavres dans la galerie de la Porte Rashô, par une nuit de pluie, constituait déjà une faute impardonnable. Il oubliait, bien entendu, depuis assez longtemps, qu'il avait un instant songé à se faire voleur.

D'un bond, l'homme sauta de l'échelle sur le plancher et, la main sur le sabre à poignée nue, s'approcha à grands pas de la vieille femme. Il est superflu de dire que cette dernière sursauta.

À la vue de l'homme, elle bondit comme une pierre lancée par la fronde.

« Brute ! Où vas-tu ? » vociféra l'homme, barrant le chemin à la vieille femme, qui, affolée, trébuchant contre les cadavres, cherchait à fuir. Mais, en le bousculant, elle tentait toujours de se sauver. L'homme, de son côté, la repoussait pour l'en empêcher. Quelques instants, ils s'empoignèrent au milieu des cadavres, sans mot dire. Inutile de dire l'issue. L'homme finit par pousser violemment son adversaire sur le

plancher en lui tordant le bras, un bras décharné comme une patte de poule.

— Que fais-tu ici ? dis ! Sinon… !

L'homme mit brusquement son acier blanc
dégainé sous le nez de la vieille femme écrou-
lée. Cependant elle gardait le silence. Les bras
tremblants, les épaules soulevées par une respiration violente et les yeux si largement écarquillés que les globes en étaient presque
exorbités, elle s'obstinait à se taire comme
muette. En la voyant ainsi, l'homme aperçut
clairement que le sort de la vieille femme dépendait de sa seule volonté. Cela refroidit, à
son insu, la haine qui brûlait en lui une minute
auparavant. Il lui resta seulement cette satisfaction fière et calme qu'on éprouve à la suite
d'un travail achevé. Il abaissa son regard vers la
vieille femme et dit en adoucissant sa voix :

— Ne me prends pas pour un agent du Lieutenant criminel. Je ne suis qu'un voyageur qui
passait sous cette Porte. Pas question donc de
te ligoter ni de t'arrêter. Dis-moi seulement ce
que tu faisais ici à pareille heure.

Sur ce, la vieille femme dévisagea l'autre de
ses yeux plus écarquillés encore, des yeux fa-
rouches d'oiseau de proie aux orbites rougies.
Ensuite, comme si elle mâchait quelque chose,
elle remua ses lèvres dont les plis se confon-
daient presque avec son nez. Sur sa gorge décharnée, on voyait rouler sa pomme d'Adam

saillante. C'est à cet instant qu'une voix rauque comme le croassement d'un corbeau où passaient des râles se fit entendre aux oreilles de l'homme :

— De ces cheveux ! De ces cheveux ! Je voulais en faire une perruque.

La banalité inattendue de cette réponse déçut l'homme. Ce changement d'humeur parut être ressenti par la vieille femme qui, tenant toujours dans sa main les longs cheveux arrachés à la tête du cadavre, chuchota comme un crapaud qui coassait :

— Arracher les cheveux aux cadavres, je n'ignore pas en effet combien c'est vil. Mais crois-moi, tous ces morts le méritent bien. La femme par exemple, à qui je viens d'arracher les cheveux allait vendre au quartier des officiers de la chair séchée de serpent. Elle la coupait en des morceaux de quatre pouces de longueur, qu'elle faisait passer pour du poisson. Si elle n'avait succombé à l'épidémie, elle continuerait à en vendre. Il paraît que les officiers en achetaient toujours pour leur nourriture, disant que c'était bon. Mais, pour ma part, je ne crois pas que sa conduite ait été mauvaise. Elle ne pouvait faire autrement pour éviter de mourir de faim. Je ne crois pas que la mienne, elle aussi, soit répréhensible. Sinon, je mourrais de faim. Que veux-tu que je fasse ? Cette femme qui savait cela ne m'en voudra pas trop, j'en suis sûre.

La vieille femme parla à peu près en ces termes.

L'homme, la main gauche sur la poignée de son sabre rengainé, suivait froidement ce récit. Et sa main droite s'occupait toujours, sur sa joue, du gros bourgeon rouge et suppurant. Mais, tandis qu'il l'écoutait, une sorte de résolution naissait dans son cœur. C'est cette résolution qui lui avait manqué tout à l'heure sous la Porte, résolution qui allait à contresens de celle qu'il avait prise lorsqu'il était monté à la galerie et avait saisi la vieille femme. L'homme n'hésitait plus désormais entre mourir de faim et voler. Mieux encore, à cet instant, « mourir de faim » était, pour lui, une préoccupation si éloignée de son sentiment, si bien chassée de sa conscience, qu'il ne pouvait même plus y penser.

Le récit de la vieille femme terminé, il insista en ricanant :

— Est-ce vrai, ce que tu dis ?

Puis, faisant un pas en avant, il détacha brusquement sa main droite du bourgeon de son visage, saisit le col de la vieille femme et lui cracha au visage :

— Alors, tu ne m'en voudras pas, à moi non plus, si je prends ton vêtement ? Autrement, je mourrai de faim, moi aussi !

Il la déshabilla rapidement. Et, d'un coup de pied il rejeta sur les cadavres la vieille femme qui se cramponnait à ses jambes. Il n'y avait que cinq pas jusqu'à la cage de l'échelle. Le vêtement de couleur rousse sous le bras, l'homme s'y précipita, la dévala, et la nuit obscure l'engloutit.

Quelque temps plus tard, la vieille femme qui était affaissée comme une morte, se releva, toute nue, parmi les cadavres. À la lueur du flambeau qui éclairait encore, elle rampa, grommelant et gémissant, jusqu'à l'échelle. De là, la tête penchée en avant, laissant retomber ses cheveux blancs et courts, elle se mit à observer le bas de la Porte. Dehors tout était ténèbres.

Ce qu'il advint de l'homme de basse condition, nul, jamais, ne le sut.

(Septembre 1915.)

Figures infernales

I

Ni dans le passé, ni même dans les temps à venir, on ne pourrait imaginer un homme semblable au Seigneur de Horikawa. J'ai entendu dire que, juste avant sa naissance, le *Roi de Science magique Dai Itoku* était apparu en personne au chevet de sa mère. De toute façon, dès le premier jour de sa vie, il donna l'impression de n'être pas comme les autres. Il n'y avait rien, dans tout ce qu'il faisait, qui ne défiât l'imagination. Représentez-vous, par exemple, la Résidence de Horikawa, ses proportions gigantesques et sa disposition incomparable ! Comment la qualifier ? Grandiose ? Superbe ? Il y avait en elle quelque chose qui transcendait toutes nos banalités. Dès lors, des gens discoureurs mettaient en parallèle les actes et faits de notre Seigneur avec ceux du *Premier Empereur de Ts'in* ou de l'*Empereur Yang*. Mais ces gens-là n'étaient-ils pas comme ces aveugles du proverbe qui, palpant un éléphant chacun à sa manière, portaient sur lui des jugements contradictoires ? Car, contrairement à ce qu'il en est pour ces empereurs, on ne pouvait dire que notre Seigneur eût recherché la gloire et le luxe pour lui-même, car il témoignait une immense magnanimité envers le peuple avec lequel il voulait partager la joie de vivre.

Et ce qui le prouve, c'est que, grâce à sa vertu, il avait pu traverser sans dommage le Grand Palais de Nijô infesté de génies malfaisants. C'est également pour cette raison, je vous l'affirme, que s'est dissipée, à la seule admonestation du Seigneur, l'ombre même du Ministre de gauche Tooru qui, à ce que l'on dit, avait fait son habituelle apparition nocturne dans le Palais de Kawara à Higashi-Sanjô, célèbre pour son tableau du paysage de Shiogama, dans la province de Michinoku. Il est donc bien naturel, si éclatant fut son prestige, que tous les habitants de la capitale, vieux et jeunes, hommes et femmes, aient vénéré le Seigneur comme une réincarnation du Bouddha.

Je ne me souviens plus en quelle année, alors qu'il revenait du banquet des « Fleurs de Prunier » organisé à la Cour, un bœuf de son char, dételé par mégarde, blessa un vieillard qui passait par hasard. Même en cette circonstance, celui-ci, joignant les mains en signe de prière, s'était félicité, à ce qu'il disait, de son bonheur d'avoir été touché par le sabot du bœuf du Seigneur.

Ainsi, sa vie abonde en anecdotes qui mériteraient d'être transmises à la postérité. Comme présent à l'occasion d'un banquet impérial, l'Empereur lui avait fait don de trente chevaux, tous blancs... Il avait placé ses pages qu'il choyait, sous le pont de Nagara, en poteaux de soutien... Il avait fait opérer l'ulcère de sa cuisse par un moine chinois qui passait pour avoir importé un art thérapeutique magique... L'énumération en serait inépuisable. Mais de ces nombreux épisodes, nul n'est plus terrifiant que l'histoire du *Paravent des Figures infernales* conservé aujourd'hui encore dans sa maison au titre de trésor de famille. Lors de ce dernier événement, le Seigneur lui-même, en dépit de sa fermeté habituelle, paraissait avoir été pris de court. À plus forte raison, nous autres, à ses côtés, étions, il va sans dire, plus morts que vifs. Moi, entre tous, qui le servais depuis vingt ans, je n'avais jamais vu spectacle plus horrible.

Mais, pour faire ce récit, il me faut dire d'abord qui était Yoshihidé, peintre du Paravent en question.

II

Yoshihidé ! Peut-être même de nos jours, ce nom rappelle-t-il quelque chose à certains. C'était un peintre bien connu avec lequel, disait-on, nul contemporain n'aurait pu rivaliser pour la maîtrise des couleurs et du dessin. Lors de l'événement que je vais raconter, peut-être avait-il déjà dépassé la cinquantaine. Il avait l'aspect d'un vieillard, petit, maigre, n'ayant que la peau sur les os, et l'air méchant. Quand il se rendait à la résidence du Seigneur, il était toujours habillé d'un vêtement de chasse orange foncé, et coiffé d'un *eboshi* souple. Sa personne donnait une impression de vulgarité extrême. On ne savait pourquoi, ce vieillard ne paraissait pas son âge. De plus, la couleur tout rouge de ses lèvres faisait soupçonner chez lui quelque chose de bestial, de répugnant. Certains en attribuaient la cause au pinceau qu'il ne cessait de sucer. Mais je ne sais qu'en penser. Des gens plus malveillants encore le surnommaient Saruhidé (Hidé-singe), disant que ses gestes rappelaient ceux des singes.

À propos de ce sobriquet, voici l'histoire qu'on racontait. Vers cette époque, la fille unique de Yoshihidé, âgée de quinze ans, était en

service dans la maison du Seigneur en qualité
de demoiselle d'honneur. Peu semblable à son
père, elle était charmante. Peut-être parce qu'elle
avait perdu sa mère à un âge encore tendre,
elle avait une âme sensible ; elle était d'une intelligence supérieure à son âge et comme, malgré sa jeunesse, elle comprenait bien ce qu'on
attendait d'elle, la Dame et les autres dames
d'honneur la favorisaient et ne tardèrent pas à
l'aimer.

Or, quelqu'un de la province de Tamba avait
un jour offert au Seigneur un singe bien dressé
auquel le jeune prince, encore enfant et espiè-
gle, avait donné le nom de Yoshihidé. À la vue
de ce singe d'aspect déjà assez comique et ainsi
nommé, nul dans la maison ne pouvait s'empêcher de sourire. On ne se contentait pas de rire ;
à toute occasion, on s'amusait à le poursuivre,
disant : « Le voilà sur le pin du jardin ! » ou
bien : « Il a encore souillé les nattes de la
chambre de service », et, l'appelant chaque fois
« Yoshihidé ! Yoshihidé ! » on le persécutait.

Un jour, la fille de Yoshihidé dont je viens de
parler passait dans le long couloir ; elle portait
à la main un rameau de prunier d'hiver auquel
une lettre était attachée. Elle aperçut le petit
singe Yoshihidé qui, blessé à la patte, n'avait plus
la force de grimper en hâte le pilier comme il
le faisait d'ordinaire, et qui, boitillant, s'élança
vers elle depuis la porte du fond. Derrière lui,

le jeune prince, brandissant une branche, le poursuivait en criant : « Voleur de cédrats ! Attends un peu ! Attends ! » La fille de Yoshihidé, à ce spectacle, hésita, un instant à peine ; le singe s'accrochait au pan de sa jupe et l'implorait avec des cris plaintifs. Elle ne put s'empêcher d'être prise de compassion. De sa main restée libre, l'autre tenant toujours le rameau de prunier, elle ouvrit légèrement sa manche vaporeusement violette, prit doucement le singe sur son bras et s'inclina respectueusement devant le jeune prince auquel elle dit d'une voix calme : « Veuillez me permettre d'intercéder en faveur de ce singe. Ce n'est qu'une bête ! Veuillez lui pardonner ! »

Mais le jeune prince, freinant difficilement sa course rapide, ébaucha une grimace, et frappa deux ou trois fois le plancher de ses pieds.

— Pourquoi le protèges-tu ? Ce singe a volé des cédrats ! répondit-il.

— Mais ce n'est qu'une bête !... s'exclama-t-elle de nouveau.

La jeune fille renouvela sa supplication et, esquissant tristement un sourire, osa dire :

— Ce singe s'appelle Yoshihidé. Dès lors, je ne puis m'empêcher de demander sa grâce, car j'ai l'impression que c'est mon père lui-même qui est fustigé.

Le jeune prince, malgré son irritation, ne pouvait insister davantage.

— Bon ! S'il s'agit de ton père, je suis obligé de céder.

Sur ces paroles prononcées comme malgré lui, jetant la branche qu'il avait à la main, il se retira vers la porte par laquelle il était entré.

III

Après cet incident, la fille de Yoshihidé et ce petit singe devinrent bons amis. Elle accrocha au cou de l'animal un petit grelot d'or suspendu à un très beau ruban que la jeune princesse lui avait donné. Le singe, de son côté, quittait rarement la jeune fille. Lorsqu'il arrivait que, légèrement enrhumée, elle gardât le lit, son petit compagnon, le visage attristé, semblait-il, assis à demeure au chevet de la malade, s'occupait à ronger ses ongles.

Mais les choses prenaient d'ores et déjà une tournure curieuse : personne ne persécutait plus le petit singe. Au contraire, tout le monde se mit à le choyer. Enfin, le jeune prince lui-même alla jusqu'à lui jeter des fruits de plaqueminier ou des châtaignes. Ce n'est pas tout. Un coup de pied donné au singe par un officier mit le jeune prince en fureur, à ce qu'on raconte. Peu après, le Seigneur ordonna expressément à la jeune

fille de se présenter devant lui avec son protégé.
Et cela, parce qu'il avait entendu parler de la
colère du jeune prince. Le Seigneur aurait, bien
entendu, pris connaissance de la raison pour
laquelle la jeune fille choyait le singe.

— Ta piété envers ton père me touche ! Je
l'apprécie ! lui dit le Seigneur.

Selon sa volonté particulière, une robe de
couleur pourpre fut donnée à la jeune fille en
récompense. Comme pour surenchérir, le petit
singe, à l'amusement général, imitant les gestes
humains, reçut respectueusement le présent
dans ses deux mains ; ce qui, dit-on, porta la
bonne humeur du Seigneur à son comble. Ainsi,
vous pouvez voir que la faveur dont le Seigneur
entourait la fille de Yoshihidé était uniquement
due à son admiration pour la bonne conduite
de cette dernière, et non, comme le prétendaient les rumeurs, à son goût pour les belles
femmes. Il faut tout de même reconnaître qu'il
y avait eu quelque raison plausible pour faire
naître ces rumeurs. Mais je vous en parlerai en
son lieu et plus à loisir. Qu'il suffise ici de vous
dire que le Seigneur n'était pas de cette espèce
de gens qui s'amusent à s'amouracher d'une fille
de basse condition comme celle d'un simple
peintre, si belle fût-elle.

La fille de Yoshihidé s'était retirée de
l'audience, comblée d'honneurs. En femme in-
telligente, elle s'était conduite de telle manière

qu'elle pût conjurer toute jalousie de la part des dames d'honneur les plus mesquines. Ces dernières saisissaient toutes les occasions de choyer la jeune fille et le singe. On le voyait bien à ce que la jeune fille ne se trouvait jamais éloignée de la jeune princesse : dans le cortège de chars sortant pour une promenade, elle était toujours de la suite.

Mais délaissons la fille pour le moment et parlons de son père. Il est vrai, comme je vous l'ai dit, que le singe était bientôt parvenu à obtenir la faveur de tous, mais Yoshihidé lui-même, qui lui avait donné son nom, restait un objet d'abomination générale ; on continuait à l'appeler en cachette « Saruhidé ».

Et cela, pas seulement dans la demeure du Seigneur. Le grand prêtre de Yokawa, par exemple, au seul nom de Yoshihidé, pâlissait, comme s'il eût rencontré un démon, tant il le détestait. (On racontait en effet que cette attitude était due aux caricatures par lesquelles Yoshihidé avait stigmatisé la conduite peu glorieuse du grand prêtre. Mais doit-on prendre au sérieux ces rumeurs propagées par des gens du peuple ?) De toute façon, la mauvaise réputation de Yoshihidé demeurait. Il se trouvait certes des gens qui ne disaient pas de même, mais ce n'étaient que deux ou trois de ses confrères en peinture ou de ceux qui, en l'ignorance de l'homme, ne connaissaient que les œuvres. La

réalité est que, outre son aspect vulgaire, ses
vices invétérés dégoûtaient tout le monde. On
ne récolte que ce que l'on a semé. C'est tout ce
que j'en puis dire.

IV

Il était avare, rapace, impudent, paresseux,
insatiable et, par-dessus tout, insolent et or-
gueilleux. Toujours « moi, le premier peintre
de ce temps » affiché au bout de son nez ! On
aurait pu tolérer ces penchants s'il les avait
limités à son métier. Mais son aversion de toute
contrainte était telle qu'il bafouait tout ce qu'on
peut tenir pour us et coutumes de la société.
Selon un disciple de longue date de Yoshihidé,
un jour, dans la résidence d'une haute personnalité, il était arrivé que la nécromancienne
célèbre de *Higaki*, visitée par les esprits, avait
prononcé une sentence horrible. Pendant ce
temps, cet homme, à ce que l'on m'a rapporté,
insouciant de ce qu'elle disait, dessinait minutieusement, avec un pinceau et de l'encre qui
se trouvaient à portée de sa main, le visage terrifiant de la sorcière. Peut-être la malédiction
des mânes n'avait-elle pas plus de poids à ses
yeux qu'un jeu d'enfant ! Suivant de telles dispo-

sitions, il se livrait à toutes sortes d'audaces sacrilèges : pour représenter *Kichijôten*, il dessina le portrait d'une abjecte prostituée ! Quand il voulut peindre le *Roi de Science magique Fudô*, ne prit-il pas pour modèle un vil policier ? Aux reproches qu'on lui faisait, il s'esclaffait :

— Comme c'est étrange ! Pensez-vous que les divinités dessinées par Yoshihidé vont le frapper de leurs foudres ?

Ses disciples eux-mêmes en restaient abasourdis. Un grand nombre d'entre eux, craignant, à mon idée, une malédiction possible, se hâtèrent de prendre congé de lui. En un mot, sa démesure était sans limites : il croyait qu'il n'y avait pas plus grand homme que lui sous le ciel à l'époque.

Il est donc inutile de dire combien il prenait de haut le cercle des peintres. Ses peintures étaient d'ailleurs si excentriques, tant par leur dessin que par leurs couleurs, que ses collègues qui ne s'accordaient pas avec lui, le tenaient pour un escroc. À les croire, il avait toujours circulé au sujet des peintures des grands maîtres anciens tels que Kawanari, Kanaoka ou autres, quelque légende gracieuse : on disait que les fleurs de prunier d'une porte de bois exhalaient de doux parfums au clair de lune, ou même que l'on entendait les courtisans peints sur tel paravent jouer de la flûte... ; les peintures de Yoshihidé, en revanche, ne soulevaient que des rumeurs lugubres et étranges. Je prendrai l'une de ses peintures comme exemple : celle du *Cycle des Naissances et des Morts*, suspendue sous le portail du temple Ryûgaiji. On contait que lorsqu'on passait sous le portail, la nuit, très tard, on entendait les soupirs et les sanglots des habitants du Ciel. Certains prétendaient même avoir flairé les puanteurs qui se dégageaient des cadavres en décomposition. Et encore, à propos des portraits des dames d'honneur qu'il avait peints sur l'ordre du Seigneur, ne disait-on pas que toutes les dames qui avaient servi de modèle étaient mortes avant que trois ans se fussent écoulés, frappées d'une maladie étrange et comme vidées de leur âme ? Les mauvaises langues tenaient toutes ces rumeurs pour autant de témoignages irrécusables de la perversité des œuvres de Yoshihidé.

Mais c'était un homme qui, tel que nous le connaissions déjà, aimait à provoquer des esclandres ; aussi tirait-il plutôt orgueil de toutes ces critiques. Un jour, le Seigneur le plaisanta :

— On dirait que tu n'aimes que trop ce qui est laid.

Il répondit insolemment, avec un sourire sinistre de ses lèvres si rouges malgré son âge :

— Votre Seigneurie a raison. Décidément, la beauté de la laideur échappe aux peintres qui ne savent que barbouiller.

Si l'on va même jusqu'à admettre qu'il était le plus grand des peintres, quelle audace n'avait-il pas cependant de juger avec tant de hauteur en face du Seigneur ! Le disciple mentionné plus haut, critiquant son outrecuidance, le surnomma en secret *Chira Eiju*. Je le comprends. *Chira Eiju* est, vous savez bien, le nom d'un monstre ailé à long nez, venu autrefois de Chine...

Toutefois, même à lui, même à ce Yoshihidé impudent au-delà de toute expression, il restait un sentiment humain, le seul qui vibrât encore en lui.

Car Yoshihidé choyait à la folie sa fille unique, la petite demoiselle d'honneur. Ainsi que je vous l'ai dit, c'était une fille très sensible, toute dévouée à son père. Lui, de son côté, ne lui témoignait pas une moindre sollicitude. Quand il s'agissait des vêtements ou des coiffures de sa fille, on raconte que cet homme, rebelle à toute quête de la part des temples, faisait les plus grands sacrifices. Mais je me demande si ce n'est pas là un mensonge.

Cependant, s'il la chérissait, il s'en tenait là. L'idée, par exemple, de lui trouver un bon époux était bien éloignée de ses pensées. Pis encore ! S'il s'était trouvé quelqu'un qui se fût risqué à lui faire la cour, il n'eût pas hésité à le faire attaquer de nuit, soudoyant à cette fin les vauriens du quartier. Les choses en étaient là quand, sur la demande expresse du Seigneur,

la jeune fille entra à son service comme demoiselle d'honneur. Le père en fut très mécontent.
Il garda visage renfrogné pendant quelque
temps, devant le Seigneur même. La seule vue
de son visage aurait donné naissance aux bruits
selon lesquels le Seigneur, entiché de la beauté
de la fille, se l'était attachée malgré l'opposition
du père.

Si ces rumeurs étaient fausses, il n'en reste
pas moins vrai que Yoshihidé, par tendresse
envers son enfant, avait toujours souhaité qu'on
la renvoyât chez lui. À une certaine époque, sur
l'ordre du Seigneur, il peignit le Bouddha enfant. Il prit pour modèle un page favori du Seigneur. Il s'en tira avec bonheur. Le Seigneur
lui en exprima sa grande satisfaction :

— Je te donnerai, comme récompense, tout
ce que tu voudras. Ne te gêne pas pour le dire !

Que pensez-vous qu'il sollicita alors, respectueusement prosterné ?

Il eut l'audace de déclarer :

— Accordez-moi la grâce, Seigneur, de me
rendre ma fille !

On eût pu le tolérer chez un autre seigneur.
Mais la jeune fille était au service du Seigneur
de Horikawa. Là, si grand l'amour paternel du
peintre fût-il, il ne pouvait excuser son indiscrète
supplique. À cette réponse, le Seigneur parut
mécontent et resta un moment sans parler, dé-
visageant Yoshihidé. Enfin, il dit froidement :

— Cela, je ne puis l'accorder.

Et, coupant court, il se retira.

Des incidents analogues se renouvelèrent quatre ou cinq fois, me semble-t-il. Le regard du Seigneur fixé sur Yoshihidé paraissait devenir chaque fois plus glacial, je m'en souviens aujourd'hui. De son côté, la jeune fille s'inquiétait-elle du sort de son père ? Quand, par exemple, elle se retirait dans sa chambre, on la voyait souvent sangloter en silence, mordillant la manche de sa robe de dessous. Ce qui ne pouvait qu'alimenter les bruits selon lesquels le Seigneur s'était épris de la fille de Yoshihidé. Certains même laissaient entendre que le *Paravent des Figures infernales* tirait son origine de la résistance de la jeune fille aux assiduités du Seigneur. Mais là ne doit pas être la vérité.

Selon ce que nous pensons, le Seigneur avait cru bon de retenir auprès de lui la jeune fille, uniquement par pitié pour elle, parce qu'il avait l'idée généreuse de la laisser vivre à l'aise dans sa résidence au lieu de la renvoyer chez son excentrique de père. Il n'en est cependant pas moins vrai qu'il aimait cette jeune fille au naturel doux et tendre. On ne doit assurément pas lui en attribuer pour autant un certain désir frivole. Il serait mieux de trancher la question en disant qu'il s'agissait là de suppositions sans fondement.

Mais laissons cet épisode. Quoi qu'il en fût, la faveur du Seigneur envers Yoshihidé avait, par cette affaire, sensiblement diminué, lorsque, on ne sait pour quel motif, le Seigneur le convoqua en hâte et lui passa commande du Paravent.

À ces mots de *Paravent des Figures infernales*, il me semble que l'aspect terrifiant de cette peinture s'impose immédiatement. Des scènes de l'Enfer, il en est d'autres. Mais les toiles de Yoshihidé différaient par leur composition de celles de ses collègues. Les *Dix Rois* et leur suite étaient relégués, rapetissés, dans un coin du Paravent, et dans tout l'espace libre tourbillonnaient des flammes puissantes au point de roussir le Mont des Glaives et les Arbres hérissés de sabres. De sorte que, hormis les robes jaunes et bleues à la chinoise des suppôts de l'Enfer çà et là dispersés, les langues de feu impétueuses remplissaient tout l'espace dans lequel dansaient avec furie, en forme de swastika, des fumées noires tracées en éclaboussures d'encre et des étincelles de feu projetées en poudre dorée.

Cela seul, par sa puissance évocatrice, aurait suffi à frapper les yeux. Enfin, il n'y avait pas un damné à se contorsionner dans cette géhenne qui eût rien de commun avec ceux des habituelles Figures infernales. La raison en est qu'en ces multitudes de damnés, Yoshihidé avait représenté des hommes de toutes conditions depuis les courtisans jusqu'aux mendiants,

jusqu'aux réprouvés : grands officiers de la Cour
dans leurs impeccables robes de cérémonie,
séduisantes dames d'honneur dans leurs robes
à cinq plis, récitants avec leurs chapelets au cou,
jeunes guerriers à hautes chaussures en bois,
fillettes minces dans leur longue robe, devins
portant la bandelette sacrée à la main..., il n'est
pas possible de les énumérer tous.

Tous ces personnages, dans les tourbillons
de flammes et de fumées, en proie aux tortures
infligées par les geôliers infernaux à tête de
bœuf et de cheval, fuyaient en tous sens, telles
des feuilles mortes dispersées par une bourrasque. Ces femmes plus recroquevillées que des
araignées, dont les cheveux s'enroulaient autour
des dents d'une fourche, figuraient-elles des
sorcières ? Cet homme, la tête en bas comme
une chauve-souris au repos, la poitrine perfo-
rée par une lance, n'était-il pas quelque jeune
gouverneur de province ? Et ces innombrables
damnés, flagellés de fouets de fer, écrasés sous
un rocher que mille hommes auraient peine à
mouvoir, déchirés par de monstrueux oiseaux,
mordus par les mâchoires d'un dragon veni-
meux... Autant de tortures que de réprouvés.

Mais ce qui surpassait en horreur toutes ces
atrocités, c'était, accrochant le sommet d'un
arbre en forme de défense de bête féroce (aux
branches de cet arbre tout garni de sabres, on
voyait de nombreux trépassés transpercés de

part en part), un char qui tombait en plein ciel.
Soulevé au vent infernal, le store du char laissait voir à l'intérieur une dame de cour vêtue
d'un habit si magnifique qu'on l'eût prise pour
une impératrice ou une concubine impériale,
et dont la longue chevelure noire flottait au gré
des flammes, et qui se tordait, la tête renversée.
Son visage tourmenté, le char embrasé, tout
peignait le suprême degré de la souffrance dans
les flammes de la damnation. On peut dire que
toutes les horreurs répandues sur le vaste Paravent servaient de fond à ce seul personnage. La
puissance d'inspiration qui animait cette peinture était telle qu'à la voir on croyait entendre
les hurlements même de l'Enfer.

Ah ! c'est que pour y réussir, pour peindre
une telle œuvre, il avait fallu que se produisît
le terrible événement que voici. Et que s'il
n'avait vécu cet événement, Yoshihidé, tout
grand peintre qu'il fût, n'aurait pu représenter
avec un tel réalisme les tortures de l'Enfer.
Mais l'achèvement du Paravent fut payé d'une
issue atroce qui entraîna la mort de son auteur.
On peut dire que cet Enfer réalisé par le plus
grand peintre de l'époque, Yoshihidé, était
l'enfer dans lequel il se précipitait lui-même.

Dans la hâte que j'ai mise à vous décrire ce
curieux Paravent, peut-être n'ai-je pas respecté
l'ordre de la narration. Nous allons donc revenir à Yoshihidé, auquel le Seigneur a passé
commande d'une peinture de l'Enfer.

V

À partir de ce moment, pendant cinq ou six mois, sans même se présenter à la Résidence du Seigneur, Yoshihidé s'absorba dans la composition du Paravent. Malgré son attachement à sa fille, dès qu'il fut à l'œuvre, il perdit, raconte-t-on, tout désir de voir ne serait-ce que son visage. N'est-ce point extraordinaire ? Aux dires du disciple déjà mentionné, une fois plongé dans le travail, cet homme fut comme possédé par l'esprit d'un « renard ». Selon des rumeurs du temps, sa réussite en peinture était due à un serment qu'il avait fait devant le Grand Dieu du Bonheur. Certains affirmaient que si on l'épiait lorsqu'il peignait, on voyait de sinistres ombres de renards rôder autour de lui. Ainsi, le pinceau à la main, il oubliait tout, sauf l'achèvement de la toile à laquelle il se consacrait. Nuit et jour enfermé dans une chambre, c'est à peine s'il voyait la lumière du soleil. En particulier, lors de la composition du *Paravent des Figures infernales,* son acharnement parut exceptionnel.

Par là, je n'entends pas que, dans sa chambre aux stores baissés même de jour, cet homme, à la lueur d'une lampe à huile, composait sans relâche des couleurs selon ses recettes ou dessinait minutieusement les silhouettes de chacun de ses disciples à qui il faisait revêtir cottes, vêtements de chasse..., non ! Car il n'avait jamais hésité à se livrer à de pareilles bizarreries au cours d'autres travaux que celui du Paravent. Ainsi, quand il s'était dédié à la peinture du *Cycle des Naissances et des Morts*, maintenant suspendue au portail du temple Ryûgaiji, assis imperturbable devant un cadavre abandonné dans la rue et dont tout homme normal aurait détourné les yeux, il en avait dessiné le visage et les membres à demi décomposés sans omettre un seul cheveu. On se demandera alors quel pouvait bien être cet acharnement exceptionnel que j'ai signalé. Je n'ai pas maintenant loisir d'entrer dans les détails. Mais voici à peu près comment les choses s'étaient passées.

Un certain jour, un de ses disciples (toujours celui dont j'ai parlé) broyait des couleurs. Le maître entre précipitamment et lui dit :

— Je veux faire un peu de sieste. Ces jours-ci, je souffre de cauchemars.

Comme il n'était pas rare de l'entendre parler ainsi, le disciple, sans délaisser son travail, répondit sans chaleur :

— Bien, Maître !

Yoshihidé, cependant, le visage attristé, ce qui lui était peu habituel, demanda, hésitant :

— Ne voudrais-tu pas veiller à mon chevet pendant que je dormirai ?

Le disciple, bien qu'intrigué par cette préoccupation de son maître, répliqua seulement :
— Entendu !
Car il n'y avait rien de plus facile... Mais le
maître, l'air toujours soucieux et hésitant encore, ajouta :
— Alors, accompagne-moi tout de suite au
fond de la maison. Les autres peuvent venir,
mais ne laisse entrer personne dans la chambre
pendant que je dors.
Le fond de la maison constituait son atelier.
Ce jour-là encore, dans la chambre, toutes por-
tes coulissantes fermées comme pour la nuit, à
la lueur de la lampe se dressait, largement ouvert
en cercle, le Paravent en question sur lequel le
dessin seul avait été tracé au fusain. Là, Yoshihidé, appuyé sur son coude en guise d'oreiller,
plongea dans le sommeil comme un homme
épuisé. Une demi-heure à peine s'était écoulée,
quand une voix lugubre au-delà de toute expression se fit entendre aux oreilles du disciple qui
veillait.

VI

Au début, ce ne fut qu'un simple bruit. Bientôt une voix articula peu à peu des mots et,

semblables au gargouillement d'un homme qui se noie, ce furent les paroles suivantes :

« Comment ? Tu m'appelles ? — Où ? — Tu m'appelles où ? — Dans l'abîme ? Dans les flammes de l'Enfer ? — Qui es-tu ? Qui dit cela ? Qui es-tu ? — Ah ! c'est... »

Le disciple arrêta machinalement sa main qui broyait les couleurs et, intimidé, épia de biais le visage de son maître. Ce visage devenu blafard, marqué de rides, se mouillait de grosses gouttes de sueur ; la bouche aux lèvres desséchées et aux dents rares s'ouvrait toute grande comme pour haleter. Quelque chose s'y agitait rapidement, comme manœuvré par un fil. C'était la langue. Les paroles mal articulées venaient de toute évidence de cette langue...

« Tiens ! C'est toi... — Oui, c'est toi ! Je m'en doutais. Comment ? Tu es venue me chercher ? Alors, tu me dis de venir ?... Dans l'abîme ? Dans l'abîme où ma fille m'attend ? »

À ce moment, le disciple avait ressenti un tel malaise, m'a-t-il dit, qu'il eut l'impression qu'une ombre étrange et vaporeuse s'allongeait, informe, sur la surface du Paravent. Il va sans dire que le disciple ne tarda pas à secouer son maître de toutes ses forces. Mais Yoshihidé, toujours soliloquant dans son demi-rêve, ne parvenait pas à s'éveiller. Alors, le disciple se décida à asperger le visage du maître avec l'eau destinée à laver les pinceaux.

« Je t'attends, viens dans ce char ! — Dans ce char, viens jusqu'au fond de l'abîme ! »

Ces phrases, l'eau qui tomba alors les transforma en un bredouillement rauque et étranglé. Yoshihidé, ouvrant enfin les yeux, se dressa précipitamment, plus vite que s'il eût été piqué par une épingle. Mais, derrière ses paupières, paraissaient flotter encore les formes monstrueuses du rêve. L'œil hagard et la bouche bée, il fixa un instant son regard dans le vide. Bientôt, cependant, il parut se ressaisir.

— Suffit ! Va-t'en ! ordonna-t-il à son disciple d'un ton on ne peut plus sec.

Sachant qu'une protestation élevée en tel cas provoquait toujours l'exaspération du maître, le disciple s'enfuit en hâte de la chambre. Quand il vit au-dehors les rayons du soleil encore lumineux, il se sentit soulagé, raconta-t-il, comme si c'eût été lui-même qui se fût réveillé d'un cauchemar.

Mais cet exemple n'est rien. Un mois plus tard, ce fut au tour d'un autre disciple d'être appelé dans l'atelier. Yoshihidé suçait son pinceau à la lueur de la lampe à huile. Tout à coup, il se tourna vers le disciple et lui lança brusquement :

— Je te demande un service. Veux-tu te déshabiller ?

Comme c'était un ordre que le disciple avait déjà exécuté à l'occasion, il se dévêtit immédiatement, se mettant entièrement nu. Le maître grimaça de façon bizarre :

— J'ai le désir de voir un homme enchaîné. Veux-tu te donner la peine de suivre mes ordres ? dit-il froidement, sans avoir l'air désolé de peiner le disciple.

Ce dernier, de constitution robuste et qui paraissait fait pour porter le sabre plus que pour manier le pinceau, s'était néanmoins senti intimidé à cette demande. Chaque fois que, par la suite, il raconta cette histoire, il déclarait :

— J'ai cru que le maître, devenu fou, voulait me tuer.

Yoshihidé, pour sa part, parut irrité des hésitations de son disciple. Se saisissant d'une chaîne qu'il avait sortie d'on ne sait où, il sauta pour ainsi dire sur le dos du disciple dont il tordit les bras et ligota le corps à plusieurs reprises. Puis il tira brutalement le bout de la chaîne. Comment résister ? Sous le choc, le corps enchaîné du disciple s'écroula de tout son long, faisant résonner fortement le plancher.

VII

Le disciple, en cette posture, pouvait être comparé à une grosse potiche renversée. Les bras et les jambes ayant été ployés, comme je vous l'ai dit, sans ménagement, la tête seule pouvait bouger. De plus, la chaîne empêchant la circulation du sang dans ce gros corps, la peau, partout, sur le visage..., sur le torse..., se mettait à rougir. Mais Yoshihidé semblait n'en avoir cure ; il évoluait autour du corps et, sous divers angles, en prenait de nombreux croquis presque semblables. Inutile de dire à quel point, pendant tout ce temps, le disciple souffrait dans ses chaînes.

S'il ne s'était produit un fait inopiné, peut-être cette torture se serait-elle encore prolongée. Heureusement, ou plutôt malheureusement faudrait-il dire, après un certain laps de temps, de l'ombre d'un pot placé dans un coin de la chambre, une forme mince et longue se tortilla, s'étira comme une coulée d'huile noire. Tout d'abord, comme agglutinée, elle se déplaçait lentement, mais bientôt elle se mit à glisser avec plus de souplesse, chatoyant çà et là, jusqu'au bout du nez du disciple qui l'aperçut. Le souffle coupé, il s'écria :

— Un serpent ! Un serpent !

À ce qu'il a raconté, il avait senti tout son sang se glacer d'un coup. On le comprend. En effet, le serpent avait failli toucher, du bout de sa langue froide, la chair de son cou mordu par la chaîne. Devant cet incroyable incident, Yoshi-hidé, malgré son sang-froid impudent, se serait

affolé. Il jeta précipitamment son pinceau puis,
s'étant penché en avant, tout aussitôt saisit pres-
tement par la queue le serpent qu'il éleva en
l'air, la tête en bas. Le serpent ainsi suspendu,
relevant la tête, se tordit sur lui-même sans
cependant atteindre la main qui le tenait.

— Par ta faute, j'ai raté un magnifique coup
de pinceau ! grommela Yoshihidé, hargneux et
il lança sans façon le serpent dans le pot au coin
de la chambre.

Et, bougonnant, il défit la chaîne qui ligotait
le corps du disciple. Sans plus. Il n'eût même
pas daigné accorder un mot de consolation à
son disciple, la victime. Peut-être eût-il été plus
dépité d'avoir manqué un coup de pinceau
dans son œuvre que de voir son disciple mordu
par le serpent. À ce que j'ai entendu dire par la
suite, il avait aussi élevé ce serpent pour lui servir de modèle.

Par ce seul fait, vous pourrez imaginer l'acharnement dément et inquiétant de cet homme.
En voici un dernier exemple. Un disciple de
treize ou quatorze ans dut, lui aussi, à cause de
ce Paravent, subir une épreuve terrible qui aurait
pu lui coûter la vie. Il avait une peau blanche et
une constitution plutôt féminine. Une nuit,
appelé par le maître, il se présenta devant lui
sans rien soupçonner.

Yoshihidé, à la lumière de la lampe, donnait
à manger à un bizarre oiseau quelque chose qui,

placé sur la paume de sa main, ressemblait à un morceau de viande. La taille de l'oiseau était à peu près celle d'un chat. Et, les plumes saillant des deux côtés de sa tête en forme d'oreilles, les grands yeux ronds et ambrés, tout son aspect faisait en quelque sorte penser à un félin.

VIII

Yoshihidé avait toujours détesté que les autres missent leur nez dans ses propres affaires. Le serpent dont j'ai parlé en était un exemple : Yoshihidé ne révélait jamais, pas même à ses disciples, ce qu'il gardait dans sa chambre. Il arrivait ainsi qu'on découvrît sur sa table des objets inattendus, une tête de mort, un bol d'argent ou une coupe à pied laquée et ciselée... suivant le sujet de la création du moment. Nul ne savait où il recelait ces modèles. C'est là précisément une des raisons pour lesquelles on attribuait son travail aux faveurs secrètes du Grand Dieu du Bonheur.

Ici, le disciple eut l'idée que cet oiseau monstrueux devait certainement servir, lui aussi, de modèle pour le Paravent, et prit une attitude respectueuse devant le maître :

— Je suis à vos ordres.

Yoshihidé, l'air de ne rien entendre et passant sa langue sur ses lèvres rouges, lui dit :

— Regarde cet oiseau. N'est-il pas bien apprivoisé ? Hein ?

Et il tendit le menton vers l'oiseau.

— Quel est le nom de cet oiseau ? Je n'en ai jamais vu, demanda le jeune homme avec une curiosité mêlée de répugnance.

Tout en posant cette question, il regarda attentivement cet oiseau aux oreilles de plumes, semblable à un chat. Yoshihidé, de son habituel ton moqueur, répliqua :

— Quoi ? Tu n'en as jamais vu ? Les hommes de la ville ne savent rien ! Cet oiseau s'appelle chat-huant. Un chasseur de Kurama me l'a donné il y a deux ou trois jours. Mais je crois qu'il en est peu de si bien apprivoisés.

Sur ces mots, Yoshihidé, soulevant lentement sa main, caressa doucement à rebrousse-poil le plumage du dos de l'oiseau qui venait d'achever sa pâture. À ce geste, l'oiseau poussa un cri aigu et rapide, d'un coup d'aile s'envola de la table, et, serres écartées et tendues, se précipita sur la tête du disciple. Si, à cet instant, ce dernier n'avait rapidement caché son visage derrière sa manche instinctivement soulevée, il n'eût pas manqué de recevoir quelques éraflures. Jetant, lui aussi, un bref cri, il voulut chasser l'oiseau d'un mouvement de sa manche. Mais, d'en haut, l'oiseau, faisant claquer son bec, lui en donna un coup... Tantôt debout, tantôt accroupi, le disciple, oublieux de la présence du maître, ne pensait qu'à se protéger de l'oiseau et à le chasser. Cette seule pensée en tête, affolé, il fuyait de-ci de-là dans l'étroite chambre. L'oiseau bizarre, de son côté, le poursuivait dans tous ses mouvements, volant haut puis bas, entêté à attaquer l'œil, guettant un instant d'inattention. Le battement furieux des ailes renouvelé à chaque assaut créait une atmosphère étrange... qui rappelait, que dire ? quelque chose comme l'odeur des feuilles mortes, les poussières liquides d'une cataracte ou les relents de fruits pourris et fermentés conservés en cachette par des singes sauvages, une atmosphère étrange en tout cas qui emplissait la chambre d'une apparence lugubre au-delà de toute expression. Et la lumière même de la lampe à huile luisait, aux yeux du disciple, comme un trouble clair de lune. La chambre du maître, telle qu'elle était, lui semblait s'être transformée en une vallée maudite enfouie dans de lointaines montagnes. Le disciple se sentit absolument abandonné, m'a-t-on dit.

Mais les assauts du chat-huant n'étaient pas la seule chose qui l'horrifiât. Ce qui, plus encore, le remplit d'épouvante, ce fut le maître Yoshi-hidé lui-même qui, en une contemplation impassible de ce remue-ménage, papier déroulé, léchant son pinceau, dessinait sans hâte ce spectacle infernal d'un monstre ailé torturant un garçon si doux qu'on l'eût pris pour une fille. À la vue du maître en cette attitude, le disciple fut en proie à une terreur indicible. Un moment, en effet, il avait cru périr victime de son maître. C'est ce qu'il m'a raconté lui-même.

IX

De fait, il n'est pas absolument inconcevable que le maître eût pu le laisser mourir. Que ce soir-là il fît appeler exprès ce disciple pouvait bien avoir pour motif son intention de peindre sa fuite désespérée devant le chat-huant excité. Le disciple, donc, dès qu'il se fut aperçu de l'attitude du maître, cacha instinctivement sa tête dans ses manches en poussant des cris inarticulés et, en cet état, il se blottit au bas de la porte de communication aménagée dans un coin de la chambre. Il eut l'impression qu'à ce moment-là le maître se levait et il perçut sa voix affolée. Brusquement, le battement des ailes du chat-huant devint plus furieux encore. Des bruits d'objets qui se renversaient, d'autres qui se brisaient, s'entendirent à de brefs intervalles. Le disciple, doublement éperdu, releva, sans trop savoir pourquoi, sa tête cachée dans ses bras.

La chambre était dans l'obscurité. La voix du maître qui, plein d'irritation, appelait les apprentis, retentissait dans le noir.

Bientôt, l'un d'eux répondit au loin, accourait une lanterne à la main. Sous la pâle lumière tamisée par la suie, on vit la lampe à huile renversée et, dans la flaque d'huile répandue sur les nattes et le plancher, le chat-huant roulait en tous sens, se débattant péniblement d'une seule aile. De l'autre côté de la table, le buste soulevé, Yoshihidé, l'air consterné en dépit de ce que nous savons de lui, marmonnait des propos incompréhensibles. Mais, regardez ! Autour du corps de l'oiseau, du cou à l'aile, s'enroulait fortement un serpent tout noir. On peut reconstituer ainsi l'événement. À l'instant où il s'était blotti dans le coin de la chambre, le disciple avait renversé le pot qui s'y trouvait ; de ce pot sortit le serpent sur lequel le chat-huant se précipita témérairement... C'est ainsi que se serait produit ce vacarme. Les deux disciples, échangeant des clins d'œil, regardèrent pendant quelque temps, stupéfaits, cette scène étrange. Puis, s'inclinant sans mot dire devant le maître, ils se retirèrent furtivement. Nul ne sait ce qu'il advint du serpent et du chat-huant.

On pourrait citer un grand nombre d'exemples semblables. La commande du Paravent, j'oubliais de vous le dire, avait été passée au début de l'automne. Par la suite, pendant tout

l'hiver, les disciples de Yoshihidé furent conti-
nuellement sur le qui-vive devant la conduite
insolite de leur maître. À la fin de l'hiver, on
eut l'impression que le peintre, par un inexplicable empêchement, ne pouvait poursuivre son
travail. Il avait l'air plus sombre que jamais. Ses
propos prenaient un ton sensiblement plus
revêche. Et la peinture du Paravent, dont les
dessins avaient été aux trois quarts tracés, paraissait ne plus avancer. Il sembla même que le maître n'hésiterait pas, pour une raison ou une
autre, à effacer ce qu'il avait dessiné jusque-là.

Il était impossible, cependant, de dire ce qui
le gênait dans l'accomplissement de son œuvre.
Nul d'ailleurs ne cherchait à en connaître la
cause. Mortifiés par les événements précédents,
les disciples, comme enfermés dans une cage
avec un loup ou un tigre, tâchaient à s'écarter,
autant que possible, de l'entourage du maître.

X

De cette période-là, donc, il n'y a rien de particulier à raconter. Si je cherche bien cependant, je peux dire que ce vieillard si dur de
nature s'attendrissait pour une raison inconnue ;
et quelquefois, on le surprenait pleurant tout

seul à l'écart. Ainsi, un jour, un disciple qui passait par le jardin constata que le maître, tout pensif, debout dans le couloir, regardait le ciel annonçant le printemps ; ses yeux étaient pleins de larmes à ce que relata celui-ci. Croyant l'avoir surpris dans ce qu'il ne devait pas voir, le disciple, sans mot dire, se retira furtivement. C'est ce qu'on ma raconté. Ne trouvez-vous pas étrange qu'un homme fier comme le maître, qui n'avait pas hésité à prendre pour modèle un cadavre abandonné sur un chemin pour peindre le *Cycle des Naissances et des Morts,* se mît à pleurer tel un enfant pour une pareille chose : être empêché de peindre à son gré le Paravent ?

Tandis que Yoshihidé s'acharnait comme un dément sur son œuvre, sa fille, de son côté, on ne savait pourquoi, s'assombrissait de jour en jour jusqu'à ce qu'enfin ses efforts pour contenir ses larmes devinrent visibles à tous. C'était une jeune fille d'aspect naturellement mélancolique, au teint blanc et aux gestes discrets ; aussi dans ce nouvel état, ses cils baissés et alourdis, ses yeux cernés de fatigue lui donnaient-ils l'air encore plus triste. Au début, certains attribuèrent cette mélancolie aux soucis que lui donnait son père ou à quelque préoccupation sentimentale. Mais, bientôt, le bruit courut selon lequel les instances amoureuses du Seigneur en étaient la cause. Puis, tout à coup, personne ne souffla plus mot d'elle, comme si chacun eût été frappé d'amnésie.

Juste à cette époque-là, une nuit, assez tard, je passais seul dans un couloir de la Résidence. Brusquement, je ne sais d'où, le singe Yoshihidé se précipita sur moi et tira fortement le pan de ma jupe. Je revois encore cette nuit tiède où semblait déjà flotter l'odeur des fleurs de prunier sous le clair de lune vaporeux. Je le regardais fixement dans cette lumière. Le singe, montrant ses dents blanches, plissant le bout de son nez, poussait des cris stridents comme un fou. Au début, plus ennuyé de ce qu'il tirait ma jupe qu'intrigué de son état anormal, je voulus lui donner un coup de pied et m'en aller. Mais je me rappelai le précédent de l'officier qui avait encouru la défaveur du jeune prince pour avoir morigéné ce singe. De plus, sa contenance ne paraissait pas habituelle. Je me décidai à me laisser conduire du côté où il m'attirait, cinq ou six *ken* plus loin.

Après avoir tourné l'angle du couloir, j'arrivai à un endroit d'où on pouvait embrasser du regard les eaux de l'étang, vaguement blanches même dans l'obscurité, à travers les branches graciles des pins. À ce moment-là, un bruit sourd venu d'une chambre voisine où des gens semblaient se quereller, bruit à la fois agité et étrangement discret, vint surprendre mes oreilles. Tout alentour, le silence régnait, que seul troublait le clapotis des poissons qui sautaient dans la lumière indécise où le clair de

lune se confondait avec la brume nocturne ;
nulle voix humaine. La sensation du bruit en
était d'autant plus forte. Je m'arrêtai instinctivement, puis m'approchai de la porte de communication, à pas feutrés, souffle suspendu, pour
prendre en flagrant délit l'intrus, si c'en était
un.

XI

Le singe, agacé par ma lenteur, semblait-il, fit
deux ou trois fois le tour de mes jambes et, avec
un cri comme étranglé, sauta d'un bond sur
mon épaule. Machinalement, je renversai le cou
en arrière pour éviter ses ongles. Lui, accroché
à la manche de ma cotte, s'efforçait de ne pas
tomber de mon épaule. Accusant le choc, je va-
cillai et vins heurter violemment du dos la
porte de communication. Je n'avais donc plus à
hésiter un seul instant. J'ouvris brusquement la
porte et voulus m'élancer vers le fond de la
chambre que le clair de lune n'atteignait pas.
Mais ce qui, à cet instant même, frappa mes
yeux..., non, disons plutôt que je fus surpris par
une femme qui bondissait hors de la chambre
comme propulsée par un ressort. Elle me bous-
cula presque et se précipita au-dehors. Mais,

tout à coup, elle s'arrêta et, s'agenouillant là, haletante, elle regarda mon visage comme une chose horrible, tremblante encore de tout son corps.

Il est superflu de dire que c'était la fille de Yoshihidé. Mais, ce soir-là, l'impression que j'eus d'elle fut d'une telle fraîcheur qu'il me sembla être en présence d'une autre femme. Ses yeux grands ouverts luisaient. Ses joues étaient empourprées. Sa jupe et sa robe négligemment défaites ajoutaient même à sa grâce séduisante, toute différente de sa puérilité habituelle. Était-ce vraiment la fille de Yoshihidé, si fragile, si réservée en tout ?

Appuyé contre la porte de communication, je regardais dans le clair de lune la silhouette gracieuse de la jeune fille ; et pointant le doigt, comme s'il s'agissait d'une chose qu'on eût pu indiquer ainsi, dans la direction du bruit de pas qui s'éloignait en hâte, je lui demandai calmement, du regard, qui cela pouvait être.

La jeune fille, alors, se mordant les lèvres, secoua seulement la tête, sans mot dire. Toute son attitude exprimait une humiliation navrante.

Je m'inclinai pour rapprocher ma bouche de son oreille, et lui demandai cette fois à voix basse : « Qui est-ce ? » Mais, secouant toujours la tête, elle ne répondit pas ; les larmes perlaient au bord de ses longs cils ; elle se mordit plus fortement les lèvres.

Lent de nature, je ne puis me rendre compte

que de ce qui est trop clair. Aussi, ne sachant
comment l'interroger davantage, je restais figé
là, comme écoutant battre son cœur dans sa
poitrine. J'éprouvais en outre une certaine gêne
qui m'interdisait de poursuivre mon interro-
gatoire indiscret.

Combien de temps fûmes-nous ainsi, je ne
sais. Bientôt, je fermai la porte laissée ouverte
jusque-là, me tournai vers la jeune fille qui semblait remise de son étourdissement, et lui dis
avec la plus grande douceur :

— Rentrez à la chambre de service.

Oppressé moi aussi par une sorte d'inquiétude et me demandant vaguement si je n'avais
pas vu ce que je ne devais pas voir, un peu
confus donc sans cependant bien savoir à
l'égard de qui, je fis demi-tour. Mais à peine eus-
je fait dix pas, que quelqu'un tira discrètement
le pan de ma jupe. Qui pensez-vous que ce fût ?

A mes pieds, le singe Yoshihidé, assis, les deux
mains posées sur le plancher comme un homme,
s'inclina à plusieurs reprises en profondes révé-
rences, faisant sonner son petit grelot.

XII

Quinze jours après cet événement, Yoshihidé
se présenta subitement à la Résidence du

Seigneur et sollicita une audience. Bien qu'il
fût de basse condition, comme il recevait des
faveurs exceptionnelles de la part du Seigneur,
il pouvait recourir à ces requêtes extraordi-
naires. Le Seigneur qui n'accordait pas facilement audience à tout venant acquiesça sur-le-
champ comme à l'habitude et le fit approcher
de son siège. Le peintre, habillé de son éternel
vêtement de chasse orange foncé et coiffé comme
toujours d'un chapeau souple, l'air plus renfrogné que jamais, se prosterna respectueusement
devant le Seigneur. Et, d'une voix rauque, il
déclara :

— Sa Seigneurie m'a ordonné de faire le
Paravent des Figures infernales. J'y ai travaillé nuit
et jour, y mettant le meilleur de moi-même et
maintenant vous pouvez le considérer comme
achevé.

— Alors, félicitations ! J'en suis fort aise,
répondit le Seigneur.

Mais il y avait une étrange absence de chaleur et comme un accent de déception dans sa
voix.

— Je n'attends pas de félicitations le moins
du monde, répliqua d'un air dépité Yoshihidé,
qui baissa les yeux, immobile. C'est à peu près
fini, continua-t-il, je vous l'ai déjà dit. Mais il
reste une chose, et cette seule chose, je n'arrive
pas encore à la bien dessiner.

— Quoi ? Il y a quelque chose que tu ne peux dessiner ?

— C'est cela, Mon Seigneur ! En règle générale, je ne peux dessiner que ce que j'ai vu de mes yeux. J'ai beau réussir à dessiner ce que je n'ai pas vu, la conviction me fait défaut. N'est-ce pas la même chose que de ne pas dessiner du tout ?

En l'entendant parler ainsi, un sourire moqueur s'ébaucha sur le visage du Seigneur.

— Alors, pour peindre le *Paravent des Figures infernales*, il faut avoir vu l'Enfer.

— C'est cela. Mais... L'année passée, quand il y eut un grand incendie, j'ai regardé de mes propres yeux les bonds des flammes, tels les tourbillons de feu de l'Enfer embrasé. C'est parce que j'ai assisté à cet incendie que j'ai pu dessiner les flammes du *Bouddha immobile au milieu des flammes*. Sa Seigneurie doit connaître cette peinture-là.

Sans paraître avoir entendu ce qu'avait dit Yoshihidé, le Seigneur posa encore cette question :

— Mais comment représentes-tu les damnés ? Tu n'as pas vu les geôliers de l'Enfer ?

— J'ai vu une fois un homme ligoté avec des chaînes de fer. Et j'ai minutieusement dessiné un homme torturé par un oiseau monstrueux. Aussi ne suis-je pas ignorant de toutes les atro-

cités dont souffrent les damnés en Enfer. Et
pour les geôliers...

Là-dessus, Yoshihidé esquissa un sourire
énigmatique un peu forcé et poursuivit :

— ... Pour les geôliers, ils ont fait maintes
fois leur apparition dans mes rêveries. Presque
tous les jours et presque toutes les nuits, pour-
rais-je dire, des formes infernales, soit à tête de
bœuf ou de cheval, soit à trois faces et à six
membres, frappant sans bruit dans leurs mains,
ouvrant des bouches muettes, viennent me torturer... Ce que je brûle de dessiner, sans pourtant y réussir, n'est pas de ce genre.

À ces mots, le Seigneur ne parvint pas à ca-
cher sa surprise. Pendant quelque temps, il dévisagea Yoshihidé d'un air agacé. Puis, fronçant
durement les sourcils, il lança :

— Alors, qu'est-ce que tu n'arrives pas encore
à dessiner ?

XIII

— Mon projet est de dessiner au milieu du
Paravent un char toituré de feuilles de palmier
tombant du ciel.

Disant cela, Yoshihidé enfin regarda intensé-
ment le visage du Seigneur. On murmurait que

cet homme devenait fou pour tout ce qui concernait la peinture. Son regard à cet instant aurait pu justifier ces rumeurs.

— Dans le char se tord une ravissante dame de cour ; ses cheveux noirs fouettés par le vent des flammes, le visage couvert de fumées, sourcils froncés, la tête renversée en arrière, elle fixe son regard vers le haut. Ses mains arrachent la partie inférieure du store, peut-être pour se protéger contre les étincelles qui pleuvent. Et tout autour, par dizaines, par vingtaines, de lugubres oiseaux de proie voltigent en faisant claquer leur bec. Ah ! cette dame assise dans le char, je n'arrive pas à la dessiner.

— Mais... Et... après ?

Pour on ne sait quelle raison, le Seigneur incitait Yoshihidé à poursuivre d'un air curieusement enchanté. Mais celui-ci, ses fameuses lèvres rouges frémissant comme s'il avait eu la fièvre, répéta encore une fois comme en rêve :

— Cela, je n'y arrive pas.

Soudain, avec tellement de force qu'on eut l'impression qu'il voulait enfoncer ses dents dans quelque chose, il proféra :

— Je vous en prie, Seigneur ! Veuillez avoir la grâce de mettre le feu à un char toituré de feuilles de palmier, devant mes yeux ! Et si c'était possible...

Le Seigneur, un instant assombri, éclata brusquement de rire. Et suffoquant presque à force d'hilarité, il dit :

— Oh ! Je serai à ta disposition pour tout ce que tu désires ! Il ne faut pas te tourmenter sur l'impossibilité de quoi que ce soit.

Entendant ces paroles, saisi de je ne sais quel sinistre pressentiment, je fus pris d'une peur indéfinissable. De fait, l'aspect du Seigneur avait quelque chose d'insolite. Une mousse blanche se formait aux coins de ses lèvres, ses sourcils s'agitaient convulsivement comme des éclairs ; on avait l'impression qu'il partageait la folie du peintre. Il s'interrompit un moment. Mais, peu après, il fut pris d'un fou rire tonitruant.

— On va incendier un char toituré de feuilles de palmier. Je m'arrangerai pour y mettre une femme ravissante en costume de dame de cour. Une femme dans un char, qui agonisera et se tordra au milieu de flammes et de fumées noires ! Tu as eu l'idée de la dessiner ! Décidément, tu es le premier peintre entre le ciel et la terre. Je te félicite ! Oui, je te félicite !

Yoshihidé alors, pâlit, tout à coup, remuant seulement les lèvres ; on eût dit qu'il râlait. Bientôt, comme si tous ses muscles se relâchaient, il laissa retomber ses mains sur la natte sans façon et remercia respectueusement d'une voix basse presque imperceptible :

— De quelle rare faveur vous daignez me combler !

Peut-être le caractère terrifiant de son projet lui était-il apparu clairement pendant que le Seigneur parlait.

À cet instant, une fois dans ma vie, j'eus pitié de Yoshihidé.

XIV

Deux ou trois jours plus tard, pendant la nuit, conformément à sa promesse, le Seigneur convoqua Yoshihidé et, devant ses yeux, fit brûler un char de feuilles de palmier. Il faut ajouter que la scène n'eut pas lieu dans la Résidence de Horikawa. Le Seigneur fit dresser un bûcher dans sa villa qui était en banlieue, qu'avait habitée autrefois sa sœur, villa communément appelée « Résidence de Yukige ».

Cette Résidence était depuis longtemps inhabitée. Le vaste domaine laissé à l'abandon avait fini par prendre un aspect désolé. Les gens qui avaient vu ce jardin désert avaient imaginé bien des choses. Il courait aussi des rumeurs persistantes sur le sort de la princesse qui y avait péri. Certains même rapportaient que, les nuits privées de lune, un jupon écarlate, étrange, rôdait dans le couloir, sans toucher terre... Mais cela peut se comprendre. Dans cette Résidence, qui, en plein jour, semblait désolée, tout devenait si lugubre après le coucher du soleil que le jet d'eau résonnait d'une façon plus sinistre encore et que les hérons qui traversaient le ciel à la clarté des étoiles semblaient des monstres ailés.

Cette nuit-là précisément, il n'y avait pas de lune et il faisait très sombre. À la lumière de la lanterne posée près de son siège, vêtu d'une robe vert clair et d'une jupe d'un violet foncé sur lequel se découpaient les armoiries de sa maison, le Seigneur prit place, tout près du bord de la véranda, commodément assis en tailleur, sur un coussin blanc de forme ronde, bordé de dessins de deux couleurs. Autour de lui étaient rangés respectueusement les gens de l'escorte, au nombre de cinq ou six. Il n'y avait là rien d'anormal. Toutefois, il se trouvait un personnage qui avait l'air particulièrement soucieux. C'était un guerrier bien charpenté qui passait pour être devenu capable d'écarteler jusqu'aux cornes un cerf vivant, depuis que, contraint par la faim, il avait, pendant la guerre de Michinoku, mangé de la chair humaine ; d'aspect redoutable, il se carrait au bas de la véranda, tenant son sabre, la pointe en haut, le ventre apparemment serré dans une ceinture. Ce spectacle, dans les lueurs qui tremblotaient sous les vents de la nuit, tantôt éclairé, tantôt obscur, comme s'il se déroulait aux confins indécis du rêve et du réel, avait je ne sais quoi de terrifiant.

Et le char toituré de feuilles de palmier, placé au milieu du jardin, avec son toit haut et massif, s'imposait de sa présence dans l'obscurité.

Le bœuf n'y était pas attelé et, le long des bran-
cards noirs obliquement posés sur la cham-
brière, les accessoires en métal étincelaient
comme des étoiles d'or. Bien que ce fût le printemps, on se sentait pris d'un vague frisson.
Quant à ce qui se cachait à l'intérieur du char,
lourdement voilé par un store bleu bordé de
motifs festonnés, on ne le savait. Tout autour,
les hommes de service, un flambeau ardent à la
main, surveillaient avec inquiétude les fumées
qui se répandaient vers la véranda, prêts à exé-
cuter les ordres.

Yoshihidé, héros de cette nuit, demeurait
agenouillé, face à la véranda, un peu à l'écart
des autres. Vêtu comme toujours, semblait-il, de
son vêtement de chasse orange foncé et coiffé
de son vieux chapeau usé, il paraissait plus
petit, écrasé même sous le poids du ciel étoilé,
plus misérable encore qu'à l'ordinaire. Derrière
lui se trouvait un autre personnage, également
agenouillé, portant un chapeau identique avec
un vêtement de chasse semblable. Un de ses
disciples sans doute, qui paraissait l'accompa-
gner. Mais, tous deux étant blottis dans la pénombre lointaine, il était difficile, de la véranda
où j'étais, de bien préciser la couleur de leur
vêtement.

XV

Il semblait être à peu près minuit. Dans le silence profond, si profond qu'on aurait pu distinguer la respiration de chacun, et dans l'obscurité qui enveloppait les bois et les sources, s'entendait seulement le souffle du vent nocturne auquel se mêlaient les odeurs résineuses de la fumée des flambeaux. Le Seigneur resta muet quelques instants, puis regarda fixement ce paysage de cauchemar. Bientôt, s'avançant un peu sur les genoux, il appela d'une voix ferme :

— Yoshihidé !

Celui-ci parut répondre quelque chose. Mais mes oreilles ne saisirent qu'un grommellement confus.

— Yoshihidé ! ce soir, selon ton désir, je t'invite à assister à l'incendie d'un char.

En prononçant ces mots, le Seigneur regarda de côté les gens de sa suite. À cet instant, entre lui et eux s'échangeaient des sourires entendus. Peut-être n'était-ce que mon impression. Alors, Yoshihidé, relevant timidement la tête, eut l'air de regarder vers la véranda, mais il resta dans la même posture sans rien répondre.

— Regarde bien ! C'est le char à mon usage.

Tu t'en souviens. J'y mettrai le feu pour réaliser
sous nos yeux une flambée infernale.

Le Seigneur s'interrompit et fit un clin d'œil
à son escorte. Ensuite, d'un ton devenu brusquement amer, il dit :

— Dans le char, on a enchaîné une dame de
cour qui a fauté. Ainsi, quand le feu sera mis,
cette femme, chair brûlée, os calcinés, expirera
dans de terribles supplices. Ce sera un modèle
sans précédent pour parfaire ton paravent. Ne
manque pas d'observer comme une peau blanche ainsi que la neige brûle et se crevasse. Regarde bien aussi les cheveux noirs se dresser en
étincelles de feu !

Il se tut pour la troisième fois. Mais je ne sais
pour quelle raison il rit silencieusement en
secouant les épaules :

— C'est un spectacle qu'on ne pourra jamais
revoir même dans les siècles des siècles. Moi
aussi, j'y assisterai. Soulève donc le store du
char ! Et montre à Yoshihidé la femme qui s'y
trouve !

À cet ordre, un des hommes de service bran-
dit au-dessus de sa tête le flambeau qu'il tenait,
s'approcha du char à pas rapides et, d'un coup
de main, souleva le store. Le feu crépitant du
flambeau, en bougeant, rougeoya et éclaira nettement l'intérieur exigu du char. La femme
assise sur le lit, ligotée sans ménagement, qui ne
l'aurait reconnue ? La robe de Chine, couleur

fleur de cerisier, magnifiquement décorée, la chatoyante cascade de ses cheveux noirs et opulents, le peigne d'or incliné brillant de tout son éclat... oui, le costume était différent, mais le petit corps, le cou à moitié caché par le bâillon et le profil du visage discret jusqu'à la mélancolie l'identifiaient sans équivoque à la fille de Yoshihidé ! Je faillis pousser un cri.

À cet instant, le guerrier robuste qui était en face de moi se releva brusquement et, la main sur la poignée de son sabre, arrêta son regard sur Yoshihidé. Surpris par ce geste, je tournai mon regard vers ce dernier. On eût dit qu'il était devenu à moitié fou devant ce spectacle. Il se leva précipitamment et, bras tendus en avant, faillit s'élancer vers le char. Mais, comme il était, je l'ai dit tout à l'heure, dans la pénombre et, malheureusement, assez éloigné de moi, je ne pus détailler sa physionomie. En un instant, son visage blême, ou plutôt sa silhouette tout entière, comme étirée et suspendue en l'air par je ne sais quelle puissance invisible, se découpa sur l'ombre diffuse. Juste à cet instant, au mot d'ordre du Seigneur : « Mettez le feu », le char dans lequel la femme était installée, couvert des flambeaux jetés par les hommes de service, s'embrasa.

XVI

À vue d'œil, les flammes l'enveloppèrent. Les glands violets de l'auvent furent soulevés comme par une rafale ; les épaisses fumées blanches, visibles même dans l'obscurité, s'élevèrent en tournoyant. Les étincelles de feu sautaient en l'air et retombaient en pluie comme si les accessoires en métal attachés au store, au portillon, au toit eussent éclaté d'un seul coup. Comment décrire ce spectacle terrifiant ? Les couleurs des flammèches qui s'élevaient en langues de feu, roulant autour du cadre du portillon jusqu'au vide du ciel, faisaient penser à un feu céleste jailli de l'astre du jour tombant sur la terre. Moi qui avais failli crier tout à l'heure, je ne faisais maintenant que regarder, atterré, cette scène effroyable. Quant à Yoshihidé, qui était père de la jeune fille...

Je ne puis encore oublier sa physionomie à cet instant. Cet homme qui, d'instinct, avait voulu courir vers le char s'était arrêté devant la flambée qui commençait et, les bras toujours tendus, regardait, comme fasciné, les flammes et les fumées qui l'enveloppaient. À la clarté du feu qui inondait son corps tout entier, son visage laid et ridé apparaissait nettement jusqu'à l'extrémité de la barbe. Mais, ses yeux grands ouverts, ses lèvres tordues, ses joues sans cesse contractées et frémissantes, tout témoignait de la peur, de l'accablement et de la surprise qui alternaient au fond de lui-même. Les voleurs dont on allait couper la tête ou bien les damnés de « Dix Crimes et Cinq Fautes », traînés devant le tribunal des Dix Rois-Juges, ne pouvaient avoir une physionomie plus douloureuse. À cette vision atroce, même le guerrier robuste et farouche pâlit sans le vouloir et scruta furtivement le visage du Seigneur !

Mais celui-ci, les lèvres serrées, ébauchant de temps en temps un sourire énigmatique, contemplait sans désemparer le char. Et dans l'intérieur du char... Je ne crois pas pouvoir jamais raconter en détail l'aspect de la jeune fille que j'y vis. La blancheur du visage renversé, suffoqué par la fumée, la longueur des cheveux enchevêtrés dans les flammes, la beauté de sa robe de Chine couleur de fleur de cerisier, dévorée de minute en minute par le feu — quelle scène implacable ! À un moment, une poussée de vent nocturne emporta les fumées de l'autre côté et, sur les flammes rouges saupoudrées d'étincelles dorées, se découpa la jeune fille mordant son bâillon et se tordant au point de rompre la chaîne qui la ligotait. Devant ce spectacle horrible qui rappelait les tortures de l'Enfer, moi, le premier, les autres et jusqu'au guerrier farouche, tous, nous eûmes un frisson mortel.

On crut entendre encore un coup de vent à travers les arbres du jardin. À peine ce bruit fut-il passé, sans qu'on eût pu le situer, dans le ciel sombre, que brusquement, quelque chose de noir, sans toucher le sol ni voler en l'air, plongea tout droit, semblable à une balle, du toit de la Résidence dans le char en feu. Et, à travers les cadres du portillon laqués de rouge s'écroulant en feu et fumée, nous vîmes ce quelque chose embrasser l'épaule de la jeune fille renversée en arrière et l'entendîmes crier d'une longue voix aiguë et déchirante, presque insoutenable, jaillissant hors des fumées qui se répandaient. Un autre cri, un autre encore ! Nous ne pûmes nous empêcher, nous aussi, de crier tous ensemble ! Sur le fond de la muraille de flammes, ce quelque chose qui s'appuyait contre l'épaule de la jeune fille arc-boutée en arrière n'était autre que le singe Yoshihidé, qu'on avait dû mettre en laisse à la Résidence de Horikawa.

XVII

Mais, un instant après, la silhouette du singe s'éclipsa, tandis qu'un jet d'étincelles, semblable à la peau d'une poire saupoudrée d'or, s'élevait dans le ciel ; le singe et la jeune fille disparurent au fond du remous épais des fumées noires. Au milieu du jardin, seul, le char flambait, dans un crépitement effroyable. « Une colonne de feu » plutôt qu'« un char de feu » exprimerait mieux cet embrasement s'élevant jusqu'au ciel étoilé.

Devant cette colonne de feu se tenait Yoshihidé, figé... Ô merveille ! Son visage ridé qui était comme écrasé de douleur l'instant d'avant au spectacle effroyable des tortures infernales, s'irradiait maintenant de clartés indicibles ; une joie extatique et lumineuse s'en dégageait et, oubliant qu'il était devant le Seigneur, ce peintre restait debout, les bras croisés fermement sur sa poitrine. Il semblait que l'atroce agonie de la jeune fille ne se reflétât point dans son regard. La couleur magnifique des flammes sur laquelle se découpait le visage féminin torturé le rassasiait-elle à souhait ? Ce que je vis à cet instant m'en donna la sensation.

Mais rien n'était plus surprenant que le regard apparemment satisfait avec lequel le peintre contemplait l'agonie de son unique fille. À ce moment, Yoshihidé incarnait cette solennité exaltée, par on ne sait quelle force, élevée au-dessus de l'humain, mystérieuse même, semblable au courroux fameux du Roi-lion en son apparition nocturne. C'est pourquoi, sans aucun doute, les innombrables oiseaux de nuit eux-mêmes, éparpillés en vol par le feu imprévu, mais tenus en respect — était-ce une simple impression ? — n'osaient approcher du chapeau usé du peintre. Peut-être une invisible vertu dont s'auréolait la tête de cet homme frappait-elle jusqu'aux yeux des oiseaux sans âme ?

S'il en était ainsi des oiseaux, à plus forte raison de nous, humains, qui, jusqu'aux hommes de service, retenant le souffle, le corps frémissant, dévorions sans relâche Yoshihidé du regard, le cœur rempli d'une étrange joie, comme si nous assistions à la consécration solennelle d'une statue de Bouddha. Ces flammes grésillantes qui montaient, immenses, dans le ciel, et Yoshihidé qui, debout, s'absorbait dans ce spectacle tragique ! Quelle grandeur ! Quelle joie ! Mais, à l'écart, le Seigneur, assis sous la véranda, si pâle qu'on l'eût pris pour un spectre, une mousse blanchâtre aux lèvres, haletait, comme une misérable bête assoiffée, en serrant convulsivement le pan de sa jupe qui recouvrait ses genoux.

XVIII

On ne sait comment se propagea dans le pays la nouvelle que le Seigneur avait mis le feu au char de la Résidence de Yukige. On fit de nombreux commentaires. D'abord, pourquoi le Seigneur avait-il brûlé vive la fille de Yoshihidé ? — À cause d'un amour qui n'avait pu se faire agréer ? C'est ce qu'on disait le plus souvent. Mais, à mon avis, l'intention du Seigneur avait été plutôt de châtier le caractère perverti du peintre qui n'avait pas hésité à demander à voir brûler le char du Seigneur et mourir un être humain pour rendre plus parfaite son exécution du Paravent. En effet, j'ai entendu le Seigneur lui-même parler dans ce sens.

On avait en outre beaucoup discuté, semblait-il, sur le cœur de pierre de Yoshihidé qui s'était acharné à la peinture du Paravent, au prix même de sa fille brûlée vive sous ses yeux. Quelques-uns l'accusaient d'avoir oublié l'affection paternelle pour la peinture, le qualifiant de bête monstrueuse à face humaine ; le grand prêtre de Yokawa partageait cet avis :

— Quelque talent qu'ils aient dans un art ou dans un autre, ceux qui n'observent pas *Cinq Vertus* de l'homme sont voués aux enfers, répétait-il.

Environ un mois après cet événement, le *Paravent des Figures infernales* fut enfin achevé. Yoshihidé ne tarda pas à l'apporter à la Résidence afin de le présenter respectueusement au Seigneur. Le grand prêtre de Yokawa était justement là. Dès qu'il eut jeté un coup d'œil au Paravent, ce dernier ne put s'empêcher d'être frappé d'émoi et de stupeur devant la tempête de feu qui fusait sur tout l'espace du Paravent. Bien qu'il eût un moment plus tôt dévisagé Yoshihidé avec dédain, il frappa machinalement son genou en disant : « Bravo ! » Je ne puis oublier non plus le rire forcé qu'eut le Seigneur en entendant cette louange.

Depuis ce temps-là, du moins dans la Résidence, les médisances contre Yoshihidé cessèrent. Est-ce parce que tous ceux qui regardaient cette peinture, quelque haine qu'ils gardassent contre le peintre, étaient frappés d'un mystérieux sentiment de solennité à la vue de l'infinie souffrance de l'Enfer flamboyant ?

Mais, quand l'affaire en fut venue là, Yoshihidé était déjà au nombre des morts. La nuit qui suivit l'achèvement du Paravent, il se pendit, passant une corde à la solive de sa chambre. Peut-être n'avait-il pu supporter de survivre, insouciant, à la fille qu'il avait sacrifiée à son Art ? Son corps est enterré au lieu où était sa maison. Mais, sur la petite pierre qu'on a placée là, on ne peut plus depuis longtemps lire l'inscription, usée par des dizaines d'années de pluie et de vent.

(Avril 1918.)

Dans le fourré

DÉPOSITION D'UN BÛCHERON
INTERROGÉ
PAR LE LIEUTENANT CRIMINEL

— Je vous confirme, monsieur le Lieutenant, ma déposition. C'est bien moi qui ai découvert le cadavre. Ce matin-là, comme d'habitude, je me rendais sur l'autre versant de la montagne pour abattre des sapins. Le cadavre était dans un fourré à l'ombre de la montagne. Le lieu exact ? À quatre ou cinq *chô*, je crois, de la halte de Yamashina. C'est un endroit sauvage où se dressent clairsemés des bambous mêlés de maigres conifères.

« Gisant sur le dos, le cadavre était vêtu d'une robe de chasse bleu clair et portait un *eboshi* couleur gris acier à la mode de la capitale. Une seule entaille était visible sur le corps, mais c'était une plaie profondément ouverte dans le haut de la poitrine. Les feuilles mortes de bambou qui jonchaient les alentours étaient comme teintes de *suhô*. Non, le sang ne coulait plus de la plaie dont les lèvres paraissaient déjà desséchées et sur laquelle, je m'en souviens bien, un gros taon était collé, comme s'il ne m'entendait pas approcher.

« Si je n'ai pas trouvé un sabre ou quelque chose d'autre ? Non. Rien du tout. Seule, au pied d'un sapin voisin, une corde de paille était abandonnée... Ah ! si, outre la corde, il y avait aussi un peigne. Voilà tout ce que j'ai trouvé autour du cadavre. Mais les herbes et les feuilles mortes des bambous étaient foulées en tous sens, et la victime, avant d'être tuée, avait dû opposer une forte résistance. Comment ? Si je n'ai pas aperçu un cheval ? Non. Ce n'est pas un lieu où puisse pénétrer un cheval. Une épaisse broussaille sépare l'endroit de la route praticable à cheval. »

DÉPOSITION D'UN MOINE ITINÉRANT
INTERROGÉ
PAR LE MÊME LIEUTENANT CRIMINEL

— Je peux vous assurer, monsieur le Lieutenant, que j'avais aperçu hier celui qu'on a trouvé mort aujourd'hui. Oui, vers midi, je crois ; c'était à mi-chemin entre Sekiyama et Yamashina. Il marchait en direction de Sekiyama, accompagné d'une femme montée à cheval. La femme était voilée, aussi n'ai-je pu distinguer son visage. Je me rappelle seulement sa robe, qui semblait être de la couleur de lespedeza. Quant au cheval, c'était un alezan dont la crinière était rasée, j'ai l'impression. De quelle taille était-il ? Euh, quatre *shaku* quatre *sun* à peu près, m'a-t-il semblé ; mais je n'en suis pas sûr. Je ne suis pas expert en la matière, étant moine. Et l'homme ? Il était bien armé d'un sabre, portait un arc et des flèches. Et, surtout, ce carquois laqué noir dans lequel il avait mis une vingtaine de flèches, oui, je m'en souviens bien.

« Le sort qui l'attendait, comment pouvais-je le deviner ? Oui vraiment, la vie humaine n'est-elle pas comme une rosée ou comme un éclair... Je le plains, et je ne trouve pas les mots qu'il faut. »

DÉPOSITION D'UN MOUCHARD
INTERROGÉ
PAR LE MÊME LIEUTENANT CRIMINEL

— L'homme que j'ai arrêté ? C'est un fameux brigand appelé Tajômaru, il n'y a pas de doute.

Mais quand je l'ai arrêté, il poussait des cris étouffés, affaissé sur le pont de pierre de la route d'Awataguchi. Il paraissait être tombé de cheval. L'heure ? Vers la première de *Kong*, hier soir. La dernière fois qu'il m'avait échappé de justesse, il avait cette même robe de chasse bleu foncé assortie du même sabre à gaine moulée. Cette fois-ci, comme vous l'avez vérifié, il portait en outre un arc et des flèches. Ah oui ? La victime avait les mêmes armes ? Alors, il n'y a pas de doute. C'est Tajômaru l'assassin. Car l'arc enroulé de cuir, le carquois laqué de noir, dix-sept flèches empennées de faucon, tout ça, c'était bien à lui. Le cheval aussi, comme vous le disiez, était un alezan à la crinière rasée. Être désarçonné par cette bête, c'était son destin. Elle, traînant à terre une longue rêne, un peu au-delà du pont de pierre, broutait les herbes coupantes encore vertes qui poussaient au bord de la route.

« Ce Tajômaru, de tous les voleurs qui rôdent dans les rues de la capitale, est renommé comme coureur de femmes. L'année dernière, en automne, on avait trouvé mortes dans la montagne derrière la chapelle de Pindola du temple Toribe une dame qui avait dû y venir pour prier et la jeune servante qui l'accompagnait. La rumeur avait attribué ce crime à Tajômaru. Si c'est encore lui qui a tué cet homme trouvé mort, on pourrait apprendre ce qu'est devenue la femme montée à cheval. J'ai l'air de forcer votre enquête, mais ce point mérite d'être éclairci. »

DÉPOSITION D'UNE VIEILLE FEMME
INTERROGÉE
PAR LE MÊME LIEUTENANT CRIMINEL

— Oui, le cadavre est celui de mon gendre. Il n'était pas de la capitale. Il était officier du gouvernement de la province de Wakasa. Son nom était Takehiro de Kanazawa. Il avait vingt-six ans. Non. Comme il était de caractère doux, il ne pouvait attirer la rancune.

« Ma fille ? Elle s'appelle Masago. Elle a dix-neuf ans. Oh ! c'est une fille brave, non moins intrépide qu'un homme. En dehors de Take-hiro, elle n'a jamais connu d'homme. Sa peau est basanée, avec un grain de beauté à l'angle externe de l'œil gauche. Son visage est petit et ovale.

« Takehiro était parti hier pour Wakasa en compagnie de ma fille. Mais quel destin les a conduits dans une situation pareille ! Qu'est devenue ma fille ? Je dois bien me résigner au sort de son mari. Je ne peux m'empêcher d'être inquiète pour elle. C'est la supplication d'une pauvre vieille ; ouvrez une enquête, je vous prie, sur le sort de ma fille, même si vous deviez fouiller pour cela sous les herbes et les arbres. Ce brigand, au fait, comment s'appelle-t-il ? Ah oui, Tajômaru. Oh ! que je le hais ! Non seulement il a tué mon gendre, mais il a même... » *(Des sanglots coupèrent ses paroles.)*

AVEUX DE TAJÔMARU

— Oui, c'est moi qui ai assassiné cet homme. Mais pas la femme. Alors, où est-elle ? Ça, je n'en sais rien, moi. Que voulez-vous faire ? Attendez ! Vous ne pourrez m'arracher par la torture, si atroce soit-elle, ce que j'ignore. Et, au point où j'en suis, je ne chercherai pas à me dérober lâchement.

« Hier, au début de l'après-midi, j'ai retrouvé le couple. Le voile de soie, soulevé par un souffle de vent, découvrit le visage de la femme. Oui, rien qu'un instant... L'instant suivant, je ne le vis plus. La brièveté de cette vision en a-t-elle été en partie cause mais son visage me parut celui d'un *Bosatsu*. Subitement, je me décidai à enlever la femme, même si je devais tuer son compagnon.

« Quoi ? Tuer un homme, ce n'est pas un

aussi grand travail que vous pouvez le penser. Le rapt d'une femme entraîne nécessairement la mort de son compagnon. Seulement, moi, je brandis le sabre que j'ai à la ceinture, tandis que vous, vous n'en usez pas : vous tuez par le pouvoir, par l'argent ou même au moyen d'une simple parole d'apparence bénigne. Évidemment, le sang ne coule pas. La victime continue à vivre. Mais vous ne l'en avez pas moins tuée ! Du point de vue de la gravité de la faute, je me demande qui de nous, vous ou moi, est le plus criminel. *(Sourire ironique.)*

« Mais ce qu'il y a de mieux, c'est de ravir une femme sans tuer l'homme. Mon état d'esprit à cet instant-là m'a décidé à vouloir enlever la femme sans attenter, si possible, à la vie de son compagnon. Cependant, comme je ne pouvais pas faire cela sur le chemin de Yamashina que vous connaissez bien, je me suis arrangé pour entraîner le couple dans la montagne.

« Cela a été fort facile. Me faisant passer pour un compagnon de route, je leur fis la proposition suivante : là-bas, dans la montagne, il y a un vieux tombeau. En fouillant un peu, j'ai découvert un grand nombre de miroirs et de sabres. Pour les dissimuler aux yeux des envieux, je les ai enterrés dans un fourré qui est à l'ombre de cette montagne. Je désire trouver un acheteur auquel je vendrai, à vil prix, ce qu'il voudra. L'homme finit par être visiblement intéressé par cette histoire. Ensuite... Que pensez-vous ? Prenez garde à la cupidité ! Avant même qu'une demi-heure se fût écoulée, le couple à cheval prit avec moi la direction de la montagne.

« Lorsque nous sommes arrivés devant le fourré, j'ai dit au couple que les trésors étaient enterrés là et je leur ai demandé de me suivre pour les voir. L'homme, aveuglé par la convoitise n'avait aucune raison d'hésiter, tandis que la femme a préféré attendre sans descendre de cheval. Je comprends fort bien sa réaction à la vue des broussailles touffues. Et c'était d'ailleurs justement ce à quoi je m'attendais. Aussi, laissant la femme toute seule, ai-je pénétré dans le fourré, suivi de l'homme.

« Au début, le fourré n'était constitué que de bambous. Au bout d'un demi-chô environ de marche, il y avait une petite clairière de sapins... Aucun lieu n'était mieux approprié à l'exécution de mon plan. Écartant des broussailles touffues, je mentis, en disant avec l'apparence de la sincérité que les trésors étaient sous ces sapins. Sur quoi l'homme, sans hésiter, s'engagea dans la direction où il avait vu les maigres sapins. Bientôt, les bambous devenant plus rares, nous arrivâmes à la clairière... À peine arrivé, je le jetai à terre. Cet homme armé d'un sabre paraissait robuste. Mais il fut pris de court par cette attaque tout à fait inattendue. En un

clin d'œil, il se vit attaché au pied d'un sapin.
La corde ? Étant un voleur, j'en ai toujours une
attachée à la hanche, pour le cas où je devrais
franchir une haie, par exemple. Pour l'empêcher de crier, je n'avais qu'à fourrer des feuilles
mortes de bambou dans sa bouche.

« Ayant achevé de le ligoter, je retournai vers
la femme et lui dis de venir avec moi, prétextant
que son mari avait été saisi d'un malaise. Inutile de dire que mon plan réussit. À peine se
fut-elle débarrassée de sa coiffure qu'elle s'engagea vers l'intérieur du fourré, moi lui ayant
pris la main. Dès qu'elle aperçut l'homme ligoté
au pied du sapin, elle dégaina son poignard
qu'elle avait sorti, je ne sais quand, de son vêtement. Je n'ai jamais rencontré une femme aussi
intrépide. La moindre inattention m'aurait
coûté la vie. Elle m'aurait poignardé au ventre.
Même en s'écartant promptement, il était difficile d'éviter les coups devant une attaque si
furieuse. Mais on ne la fait pas au fameux Tajômaru que je suis. J'ai réussi à faire tomber son
poignard, sans même dégainer mon sabre. Si
inflexible qu'elle fût, désarmée, elle ne pouvait
plus rien faire. J'ai donc obtenu ce que je dési-
rais sans commettre de meurtre.

« Sans commettre de meurtre... oui, je n'avais
plus de raison de tuer cet homme. J'étais sur le
point de m'enfuir du fourré, laissant la femme
en pleurs, lorsqu'elle s'est accrochée comme

une folle à mon bras. Je l'ai entendue dire, d'une voix saccadée, qu'elle souhaitait ma mort ou celle de son mari, ne pouvant supporter d'avoir honte devant deux hommes, car cela lui était plus pénible que la mort. Ce n'est pas tout. Elle désirait s'unir à celui qui aurait survécu, disait-elle en haletant. Je fus pris, à ce moment, d'un désir violent de tuer son homme. *(Une obscure émotion le fit frissonner.)*

« En m'entendant vous pourriez croire que je suis un homme plus cruel que vous. C'est que vous ne connaissez pas le visage de cette femme ; c'est surtout que vous n'avez pas vu l'ardeur qui brillait dans ses yeux quand elle me suppliait. Lorsque nos regards se croisèrent, je brûlais du désir de l'épouser, même si j'avais dû mourir foudroyé immédiatement. L'épouser, c'était la seule idée qui m'absorbât à cet instant. Et ce n'est pas, je vous le jure, à cause d'un certain désir bas et licencieux comme vous pourriez l'imaginer. Si, à ce moment décisif, je n'avais eu aucune autre pensée que ce vil instinct, je me serais certainement enfui après l'avoir renversée d'un coup de pied. Et je n'aurais pas souillé mon sabre du sang de cet homme. Mais, à l'instant où je contemplais cette femme dans la pénombre du fourré, je pris la décision de ne pas quitter cet endroit avant d'avoir tué son compagnon.

« Néanmoins, si j'étais décidé à tuer cet

homme, je ne voulais pas le faire lâchement.
Ayant dénoué la corde qui le ligotait, je le défiai
en duel. (Vous avez d'ailleurs trouvé la corde
au pied du sapin. J'ai oublié de la ramasser.) Le
visage farouche, l'homme dégaina son large
sabre et, sans prononcer un mot, se précipita
furieusement sur moi. On sait le résultat, inutile de le dire. À la vingt-troisième reprise, mon
sabre lui perça la poitrine. Vingt-troisième
reprise ! Même maintenant, j'admire encore ce
fait. Car personne d'autre ne m'avait jamais
résisté plus de vingt reprises. *(Il eut un sourire
tranquille.)*

« En même temps que l'homme s'affaissait,
je me retournai vers la femme, le sabre ensan-
glanté à la main. Mais alors ! Quoi ?... elle avait
disparu ! De quel côté s'était-elle enfuie ? Je l'ai
cherchée un peu partout parmi les sapins. Mais
le tapis de feuilles mortes de bambou ne portait
pas de traces. Mes oreilles ne perçurent que les
râles de l'homme qui agonisait.

« Peut-être, dès les premiers coups de sabre,
la femme s'était-elle enfuie à travers le fourré
pour chercher du secours. Cette fois, vous vous
rendez compte que c'était ma vie qui était en
jeu ; ayant arraché le sabre, l'arc et les flèches,
je regagnai en hâte le chemin de montagne que
nous avions quitté. La monture de la femme
était encore là qui broutait paisiblement. Ce que
je suis devenu après ? Inutile de vous le dire. Je

voudrais seulement ajouter qu'avant d'entrer dans la capitale, j'ai vendu le sabre. Voilà tous mes aveux. Tôt ou tard, je serai pendu. Alors, condamnez-moi à la peine suprême. » *(Son attitude était arrogante.)*

CONFESSION D'UNE FEMME
VENUE AU TEMPLE DE KIYOMIZU

— Après m'avoir violentée, cet homme à la robe de chasse bleu foncé ricana sous les yeux de mon époux qui était ligoté. Oh, comme mon mari a dû lui en vouloir ! Mais ses contorsions ne faisaient qu'enfoncer encore davantage dans sa chair la corde qui le retenait. Instinctivement, j'ai couru, non, j'ai voulu courir de toutes mes forces vers mon mari. Le brigand, sans me laisser le temps de le faire, m'a donné un coup de pied et je suis tombée. À cet instant même, j'ai vu un étrange éclair passer dans les yeux de mon mari. Vraiment étrange... Ce regard, maintenant encore, chaque fois que je me le rappelle, me fait tressaillir. Ne pouvant me dire le moindre mot, mon mari a enfermé dans son bref regard tout ce qu'il ressentait. Ce qui étincelait dans ses yeux, ce n'était ni de la colère, ni de la tristesse. Était-ce autre chose qu'une lueur glaciale de mépris ? Frappée plus fortement par ce regard que par le coup de pied du malfaiteur, j'ai inconsciemment crié quelque chose et je me suis évanouie.

« Je ne sais combien de temps s'est écoulé, j'ai enfin repris conscience. L'homme à la robe de chasse bleu foncé avait disparu. Mon mari était toujours ligoté au pied du sapin. Relevant péniblement le haut de mon corps sur les feuilles mortes, je fixai les yeux sur mon mari. Mais son regard restait inchangé : mêlé à un mépris glacial, luisait encore de la haine. Honteuse ? triste ? furieuse ? Comment qualifier ce que j'étais à ce moment-là ? Me redressant en titubant, je me suis approchée de mon mari et je lui ai dit : « Maintenant que je suis tombée dans cette situation ignoble, je ne peux plus rester avec toi ! Je n'ai plus qu'à me tuer sur-le-champ. Mais... je te demande de mourir, toi aussi. Tu as vu ma honte. Je ne puis te laisser vivre seul après moi. »

« J'ai dit cela de toutes mes forces. Mais, sans broncher, mon mari continuait à me dévisager haineusement. Contenant les battements de ma poitrine, j'ai cherché le sabre de mon mari. Le voleur avait dû l'emporter, je n'ai pu le retrouver dans les broussailles. L'arc et les flèches non plus. Mais, par chance, un poignard roula à mes pieds. Je l'ai pris et j'ai répété à mon mari : « Je te demande ta vie. Je te suivrai tout de suite. »

« À ces mots, il a enfin remué les lèvres. Les feuilles mortes de bambou placées dans sa bouche ont empêché sa voix de se faire entendre. Mais à un signe imperceptible de ses lèvres, je compris ce qu'il voulait. Toujours enfermé dans son mépris, il m'avait signifié : « Tue. »

« À demi inconsciente, j'ai plongé d'un coup le poignard dans sa poitrine à travers sa robe de chasse bleu clair.

« Une fois encore, j'ai dû m'évanouir. Réveillée enfin, j'ai regardé autour de moi. Mon mari, toujours ligoté, était mort depuis longtemps. Sur son visage pâle, à travers les branches entremêlées de bambous et de sapins, le soleil déclinant laissait errer un rai de lumière. Refoulant mes larmes, j'ai délié la corde du cadavre. Ensuite... que suis-je devenue ? Cela, je n'ai plus la force de le dire. De toute façon, je n'ai pas réussi à mourir. J'ai appliqué le couteau sur ma gorge ; je me suis jetée dans un étang au pied de la montagne. Bref, j'ai tout essayé. Mais, puisque je suis toujours en vie, à quoi bon m'en vanter ! *(Elle eut un sourire triste.)* Même le *Bosatsu*, infiniment miséricordieux, aurait-il abandonné la femme lâche que je suis ? Moi qui ai tué mon mari, moi qui ai subi les violences d'un brigand, que puis-je faire... maintenant ? Mais, moi... moi... » *(Elle éclata brusquement en sanglots.)*

RÉCIT DE L'« OMBRE »
PAR LA BOUCHE D'UNE SORCIÈRE

— Le voleur, ayant atteint son but, s'est assis à la même place et s'est mis à consoler ma femme par tous les moyens. J'étais naturellement incapable de dire quoi que ce fût. Mon corps était attaché au pied du sapin. Mais j'ai envoyé à plusieurs reprises un clin d'œil significatif à ma femme : « Ne l'écoute pas. C'est faux, tout ce qu'il dit. » Je voulais lui faire comprendre cela. Mais assise sans force sur les feuilles mortes de bambou, elle regardait fixement ses genoux. Cela donnait l'impression qu'elle écoutait le voleur. Du moins, il me le semblait. Je me suis tordu, brûlé par la jalousie. Le voleur, de son côté, choisissait ses mots avec beaucoup d'habileté. Il disait : « Ton mari ne s'entendra plus avec toi, maintenant que ton corps est souillé. Ne veux-tu donc pas le quitter et m'épouser ? C'est à cause de l'amour que tu m'as inspiré que je me suis livré à cette audace... » Le brigand osa se servir de tels arguments.

« Sur ces paroles, ma femme, comme en extase, a relevé la tête. Je n'avais jamais vu ma femme si belle. Mais que pensez-vous que ma femme « si belle » ait répondu au brigand devant son mari ligoté ? Moi, tout en errant dans ces limbes, chaque fois que je m'en souviens, je m'enflamme de colère. Elle dit : « Emmène-moi où tu veux ! » *(Il y eut un long silence.)*

« Mais la faute de ma femme est plus grande encore. Sans cela, je ne souffrirais pas tellement dans cette Nuit ! Quand, conduite par la main du brigand, elle fut sur le point de quitter le fourré, elle devint toute pâle et dirigea le bout de son doigt vers moi qui étais attaché au pied du sapin, en disant : « Tue cet homme ! S'il reste vivant, je ne pourrai pas vivre avec toi ! » Ma femme cria à maintes reprises comme une folle : « Achève cet homme ! » Ces mots, comme une bourrasque, me font choir encore maintenant, tête première jusqu'au fond d'une nuit infinie. Une parole aussi horrible est-elle jamais sortie d'une bouche humaine ? Une parole aussi maudite a-t-elle jamais frappé une oreille humaine ? Une parole... *(Et son rire moqueur fusa brusquement.)* Entendant ces mots, le voleur lui-même pâlit soudain. « Achève cet homme ! » En répétant cela, ma femme s'accrochait à son bras. Le voleur, regardant fixement ma femme, ne répondait ni oui ni non. L'instant suivant, il la jetait d'un coup de pied sur les feuilles mortes de bambou. *(Et un rire moqueur de nouveau jaillit.)* Le voleur, croisant les bras lentement, s'est tourné vers moi : « Que veux-tu que j'en fasse ?

Veux-tu que je la tue ou lui laisse la vie sauve ?
Fais-moi seulement un signe de tête, veux-tu
que je la tue ?... »

« Pour cette seule parole, j'aurais voulu pardonner au voleur. *(Il se fit de nouveau un long
silence.)*

« Ma femme, pendant que j'hésitais, poussa
un cri et se mit à fuir vers le fond du fourré. Le
brigand, sans perdre un instant, se précipita à
sa suite sans même pouvoir effleurer sa manche.
Comme dans un monde de rêve, je regardais la
scène.

« Après la fuite de ma femme, le brigand prit
mon sabre, mon arc et mes flèches et coupa en
un seul point la corde qui me ligotait. « Cette
fois, c'est mon tour. » Je me rappelle cette
phrase qu'il murmura quand il s'éclipsa hors
du fourré. Après sa disparition, tout est redevenu
calme. Mais, soudain, je me dis : « Quelqu'un
pleure ? » Déliant la corde, je prêtai l'oreille :
mais non, c'était moi-même qui sanglotais. *(La
voix se tut, pour la troisième fois, longtemps.)*

« Enfin, au pied du sapin, j'ai péniblement
soulevé mon corps épuisé. Devant moi, luisait
le poignard que ma femme avait laissé tomber.
Le saisissant, je l'ai enfoncé d'un coup dans ma
poitrine. Quelque chose comme une boule âcre
et chaude est monté jusqu'à ma gorge. Mais je
ne ressentis aucune douleur. À mesure que
ma poitrine refroidissait, le silence d'alentour

devenait encore plus profond. Ah ! quel silence !
Dans le ciel au-dessus de ce fourré à l'ombre de
la montagne, pas un oiseau ne venait chanter.
Seul, à travers les bambous et les sapins, errait
le dernier rayon du soleil déclinant. Ce rayon,
lui aussi, pâlissait... Je ne voyais plus ni bambous ni sapins. Étendu sur la terre, j'étais enveloppé d'un silence profond. Juste à cet instant,
quelqu'un, à pas furtifs, s'est approché de moi.
J'ai essayé de tourner la tête vers lui. Cependant, une obscurité diffuse m'entourait déjà.
Quelqu'un, ce quelqu'un, d'une main invisible,
a retiré doucement le poignard enfoncé dans
ma poitrine. Dans ma bouche de nouveau le
sang afflua. Ce fut la fin. J'ai sombré dans la nuit
des limbes pour n'en plus revenir... »

(Décembre 1921.)

Gruau d'ignames

L'histoire se serait passée vers la fin de l'ère de Gangyô ou au début de celle de Ninna. D'ailleurs, la date importe peu. Tout ce que les lecteurs doivent savoir, c'est que cette histoire s'est déroulée dans un lointain passé, à l'époque de Heian. En ce temps-là, parmi les gens qui servaient le Régent Fujiwara Mototsune, il y avait un officier du cinquième rang (Goi), nommé X...

L'auteur remplacerait volontiers ce titre anonyme par un nom. Malheureusement, l'ancienne chronique, silencieuse sur ce point, lui en a refusé la chance. Peut-être était-il, en effet, si insignifiant qu'il ne méritait pas d'être mentionné. Les auteurs des chroniques anciennes ne semblent pas s'être particulièrement intéressés au sort et aux actes d'un homme sans éclat. À ce propos, l'écart n'est pas négligeable entre eux et nos écrivains naturalistes. Les chroniqueurs de l'époque du *Règne Impérial* (Heian), contrairement à ce que l'on pourrait croire, n'étaient pas des gens désœuvrés. Bref, dans l'entourage du Régent Fujiwara Mototsune, il y avait un officier du cinquième rang (Goi), nommé X..., qui est le héros de notre histoire.

Goi n'avait aucune prestance. Tout d'abord, il était petit, le bout du nez rouge, le coin externe des paupières affaissé et, bien entendu, il avait une moustache clairsemée. Ses joues décharnées faisaient ressortir son menton extra-ordinairement pointu. Quant aux lèvres... L'énumération serait sans fin. Son allure avait quelque chose d'étrange et, par-dessus le marché, il était peu soigné de sa personne.

Quand et comment cet homme en était-il venu à entrer au service de Mototsune ? Cela, nul ne le savait. Depuis déjà longtemps, vêtu de son éternelle cotte de soie fanée et coiffé de son habituel chapeau cabossé, il remplissait chaque jour, sans se lasser, les mêmes fonctions. En le voyant, personne ne pouvait imaginer ce qu'il avait été dans sa jeunesse. (Goi avait dépassé la quarantaine.) En revanche, on avait l'impression que, dès sa naissance, son nez rouge à l'air frileux et sa maigre moustache s'étaient trouvés exposés au vent qui balayait l'avenue Suzaku. Et de cela, tous, inconsciemment, depuis le maître Mototsune jusqu'au petit vacher, en étaient profondément convaincus.

Peut-être est-il superflu de dire de quelle manière les gens de son entourage traitaient un homme d'une telle apparence. Les officiers de la salle des gardes ne lui prêtaient guère plus d'attention qu'à une mouche. Même ses subalternes, titrés ou non, qui étaient une vingtaine, se montraient totalement indifférents à ses allées et venues. Un ordre de Goi n'avait jamais fait cesser leurs conciliabules. À leurs yeux, la présence de Goi ne paraissait pas constituer quelque chose de plus tangible que l'air qui les environnait. Ses subalternes se comportant de la sorte, il va de soi que les officiers supérieurs, tels que l'intendant ou le gouverneur, le négligeaient complètement. Quand ils demandaient un service à Goi, ils se contentaient d'ébaucher un geste, sans mot dire, avec ce visage froid qui cachait la méchanceté presque puérile et vide de sens que sa seule présence suscitait. Dans une société, la parole a un rôle irremplaçable ; leurs gestes ne suffisaient pas toujours à communiquer leurs sentiments. Mais ils imputaient cela à quelque lacune des facultés intellectuelles de Goi. En conséquence, quand le service rendu n'était pas satisfaisant, ils le toisaient de haut en bas, de bas en haut, du sommet de son chapeau cabossé aux talons de ses sandales éculées et, en ricanant, se détournaient brusquement. Ce qui, cependant, n'arrivait jamais à émouvoir Goi qui ne parvenait pas à ressentir l'injustice comme une injustice, tant il était timide et débonnaire.

Quant aux officiers, ses pairs, ils le bafouaient sans se gêner. Si les anciens prenaient son allure pitoyable comme sujet de plaisanteries éprouvées, ceux qui étaient plus jeunes en profitaient pour s'exercer à des improvisations sarcastiques. Ils n'arrêtaient, en sa présence, de s'amuser, discutant de son nez, de sa moustache, de son chapeau et de sa cotte. Ce n'est pas tout. Sa femme aux lèvres lippues, qui l'avait quitté cinq ou six ans auparavant, et un moine ivrogne qui passait pour avoir eu avec elle d'étroites relations alimentaient leurs conversations. Il arrivait même parfois que leurs plaisanteries devinssent extrêmement méchantes. Impossible de les énumérer toutes. Disons, entre autres, qu'ils burent le *saké* de son bidon de bambou et le remplirent d'urine. Ce seul fait permet d'imaginer le reste.

Mais Goi restait insensible à toutes ces méchancetés. Du moins, aux yeux des autres, il en avait l'air. Devant toute injure, son visage restait placide. Caressant sans rien dire son étrange moustache, il gardait son calme et se contentait d'accomplir son devoir. Bien qu'il arrivât parfois que les plaisanteries de ses égaux dépassassent les limites (n'attachaient-ils pas des morceaux de papier à son chignon, ne nouaient-ils pas une sandale à la gaine de son sabre ?), Goi, ébauchant son sourire habituel dont on

ne savait plus s'il était gai ou triste, disait simplement : « Vous êtes méchants ! » Un mouvement de pitié s'emparait quelques instants de
tous ceux qui regardaient son visage et enten-
daient sa voix. Ce n'était pas seulement Goi au
nez rouge qui était l'objet de leurs persécutions,
mais, à travers lui, ceux qu'ils ne connaissaient
pas, dont la voix et le visage de Goi représen-
taient le type, leur reprochaient la dureté de
leur cœur. Une certaine pitié, bien qu'indis-
tincte et éphémère, remuait ceux qui le tour-
mentaient. Très rares, cependant, furent ceux
qui persistèrent dans ce sentiment. Parmi eux,
il y eut un simple officier. Venu de la province
de Tamba, c'était un jeune homme sous le nez
duquel une tendre moustache commençait à
peine à pousser. Au début, comme tout le
monde, sans raison particulière, il méprisa Goi
au nez rouge. Mais, un jour, il entendit Goi
dire : « Vous êtes méchants ! » À ces mots, pé-
nétra en lui une émotion qui ne le quitta plus.
Dès lors pour lui, Goi devint un autre homme.
Car il reconnut, sous le pauvre visage souffre-
teux et blafard, un « homme » persécuté et
comme écrasé par ses semblables. Chaque fois
que cet officier pensait à Goi, il lui semblait
que la vulgarité essentielle de tout ce qui existe
dans le monde surgissait brusquement. En même
temps, il avait l'impression que le nez rouge et
tout gercé ainsi que la moustache clairsemée

de Goi lui communiquaient un certain soulagement qu'il lui était difficile d'analyser...

Or, cet officier était le seul à éprouver ce sentiment. À cette seule exception près, Goi devait
continuer sa vie aussi peu enviable que celle
d'un chien, en butte au mépris de son entourage. C'est qu'il ne possédait même pas d'habit
convenable. Il n'avait qu'une cotte bleu foncé
et une jupe de même couleur, toutes deux
décolorées à tel point qu'on ne pouvait dire si
elles avaient été bleu marine ou bleu violet. La
cotte n'était tout de même pas trop abîmée : si
les épaules étaient un peu affaissées, les tresses
en rond et les nœuds d'arrêt en forme de chry-
santhème étaient simplement décolorés. On ne
pouvait en dire autant de la jupe dont les pans
étaient particulièrement usés. À la vue des
jambes maigres qui sortaient directement de sa
jupe, la robe de dessous faisant défaut, ses
collègues malveillants n'étaient pas les seuls à
avoir la triste impression de voir marcher un
bœuf décharné attelé au char d'un seigneur
miséreux. Le sabre, lui aussi, qu'il portait sur la
hanche, était de qualité médiocre ; les métaux
de la poignée étaient communs, la laque de la
gaine noire, éraflée. Ainsi accoutré, il marchait
à petits pas, le nez toujours rouge, traînant ses
sandales, courbant sous le ciel froid son dos
déjà voûté, jetant à droite et à gauche des regards d'envie. On comprend bien le mépris

que même un colporteur qui passait par hasard pouvait ressentir à sa vue... En voici un exemple.

Un jour, voulant aller vers le Jardin des Sources sacrées, Goi passa par la Porte San-Jô-Bô. Là, il aperçut, au bord du chemin, six ou sept enfants absorbés dans un jeu. « Font-ils tourner des toupies ? » se demanda Goi en regardant par-dessus leur dos. Ils étaient en train de battre et de torturer un caniche égaré au cou duquel ils avaient attaché une corde. Goi, de nature timide, n'avait jamais manifesté, par crainte de mécontenter les autres, la sympathie qu'il éprouvait à l'égard de quelqu'un. Mais, cette fois, comme il avait affaire à des enfants, cela lui donna un peu de courage. S'efforçant de prendre un visage souriant, il frappa sur l'épaule de l'enfant qui lui semblait le plus âgé et dit : « Ça suffit. Lâchez-le. Un chien souffre autant que nous. » L'enfant se retourna et toisa Goi d'un regard plein de mépris, levé vers lui avec cette expression qu'avait l'intendant lorsqu'il n'arrivait pas à se faire comprendre. « Ça te regarde ? » bougonna l'enfant en reculant d'un pas et en retroussant ses lèvres méprisantes et il ajouta : « Espèce de nez rouge ! » Ce mot sembla frapper Goi en plein visage. Ce qui ne signifiait cependant pas qu'il ait été exaspéré par cette méchante parole, mais qu'il était découragé par l'inutilité de son intervention qui ne lui apportait autre chose que de la honte.

Cachant sa confusion derrière un pauvre sourire, il reprit, sans mot dire, le chemin du
Jardin des Sources sacrées. Derrière lui, sept ou
huit enfants, serrant leurs épaules les unes
contre les autres, gonflèrent leurs joues et lui
tirèrent la langue. Goi ne le savait pas, naturellement. Même s'il l'avait su, qu'est-ce que cela
aurait changé pour ce malheureux ?

Il ne serait pourtant pas exact d'en conclure
que notre personnage vint au monde sans autre
espoir que d'être un objet de mépris. Depuis
cinq ou six ans, Goi était étrangement attiré par
le gruau d'ignames. C'est une bouillie de riz
préparée avec des morceaux d'ignames dans
du jus de cannelle. À cette époque, ce plat était
considéré comme le mets le plus délicat que
l'on pût servir même sur la table de l'Empereur.
Ce n'était donc qu'une fois par an et à l'occasion d'une fête exceptionnelle qu'un homme
comme Goi pouvait en manger. Et même en
une telle circonstance, il en obtenait si peu
qu'à peine s'il pouvait en humecter ses lèvres.
C'est pourquoi, depuis fort longtemps, il avait
un désir unique : se rassasier de gruau d'ignames. Bien sûr, il ne s'en était ouvert à personne. Lui-même n'avait pas, semblait-il, une
nette conscience qu'il s'agît là du but de sa vie.
Mais il n'empêche qu'il ne vivait que dans ce
but. Il arrive parfois qu'un homme consacre sa
vie entière à un désir qu'il ne pourra peut-être

jamais réaliser. Celui qui se moque d'une telle
illusion ne connaît rien à la vie. Cependant, Goi
vit son rêve de manger de la bouillie jusqu'à
satiété se réaliser plus facilement qu'il ne s'y
attendait. Raconter comment, c'est la raison de
cette histoire.

Voici ce qui se passa le deuxième jour de la
première lune d'une certaine année, lorsque
Mototsune organisa à sa résidence la réception
dite « exceptionnelle ». (On appelait « réception
exceptionnelle », le banquet que la Famille
régente donnait aux ministres et très hauts
fonctionnaires le même jour que le Grand Banquet organisé, celui-ci, par l'Impératrice et le
Prince héritier. Ces deux banquets, en leur
genre, n'étaient pas particulièrement différents
l'un de l'autre.) Goi, avec les autres officiers,
eut l'honneur de partager les reliefs. À cette
époque, la distribution publique des restes du
banquet n'était pas en usage, et les officiers en
service avaient coutume de se réunir dans une
salle pour les manger. On disait réception
exceptionnelle. Mais dans ce lointain passé, malgré le nombre de mets, il n'y avait pas grand-
chose. On servait, entre autres, de la pâte de
riz, nature et cuite à l'huile, des ormiers chauf-
fés au bain-marie, des oiseaux séchés, des per-
ches d'Uji, des carassins d'Oomi, des filets de
brême de mer séchés, des saumons farcis avec
leurs œufs, des poulpes grillés, des langoustes,

du grand cédrat et du petit cédrat, des fruits de citronnier noble, des kakis séchés à la broche... Il faut noter que le gruau en question faisait partie du menu. Chaque année, Goi attendait avec impatience cette occasion. Seulement, le nombre des participants réduisait d'autant sa part ; cette année-là notamment, elle fut particulièrement mince. Et, l'imagination aidant sans doute, le goût lui sembla meilleur que d'ordinaire. Après avoir contemplé d'un air extasié le bol qu'il venait de vider, tout en nettoyant de sa main les gouttes accrochées à sa moustache clairsemée, il soupira, sans aucune intention de s'adresser à quelqu'un en particulier :

— Quand pourrai-je m'en rassasier ?

— Dites ! Est-il donc vrai que vous ne vous êtes jamais rassasié de gruau d'ignames ? railla un convive avant même que Goi eût achevé son exclamation.

C'était une voix grave, généreuse, digne d'un guerrier. Goi, le dos toujours courbé, redressa la tête et jeta un regard timide vers l'homme. C'était Fujiwara Toshihito, fils de Tokinaga, ministre de l'Intérieur. Vers cette époque, Toshihito était un des fidèles de Mototsune. Tout en grignotant des châtaignes chaudes, il buvait coupe sur coupe d'un alcool noir. Il paraissait déjà assez ivre.

— Je vous plains, continua Toshihito en regardant Goi qui leva la tête, et d'une voix où la pitié se mêlait au mépris. Si vous le voulez, je me chargerai de vous rassasier.

Le chien habitué aux coups n'ose pas s'approcher du morceau de viande qu'on lui jette rarement. Goi, ébauchant son habituel sourire dont on ne pouvait dire s'il était heureux ou triste, regarda tour à tour le visage de Toshihito et le bol vide, sans répondre.

— Vous n'en voulez peut-être pas ?

— ...

— Alors, quoi ?

— ...

Goi commençait à sentir le regard des gens se concentrer sur lui. Une réponse mal placée susciterait, cette fois encore, la risée générale. Peut-être même se moquerait-on de lui quoi qu'il dît. Il hésita. Goi aurait continué à promener son regard du bol à Toshihito et de Toshihito au bol, si son interlocuteur ne lui avait dit, un peu agacé :

— Si vous n'en voulez pas, je n'insisterai pas.

Goi, entendant cela, répondit précipitamment :

— Eh bien, oui !... J'accepte très volontiers.

Tous ceux qui assistaient à cet échange de propos partirent d'un grand éclat de rire. Il y en eut même qui répétèrent sa réponse : « J'accepte très volontiers. » Par-dessus les corbeilles et les larges coupes à pied chargées de fruits multicolores, le rire des convives ébranla, quelques instants, comme des vagues, les nombreux chapeaux souples ou empesés. Entre autres, Toshihito, de bonne humeur, s'esclaffa bruyamment :

— Alors, on vous invitera sous peu, fit-il, et ce disant il esquissa une petite grimace, le rire qui montait et l'alcool qu'il venait d'avaler s'étant rencontrés dans sa gorge.... Je peux donc compter sur vous ? insista-t-il.

— J'accepte très volontiers, reprit l'autre, rougissant et bégayant.

Il va sans dire que cette réponse souleva de nouveau un éclat de rire général. Toshihito lui-même, qui avait insisté en vue de cet effet, s'écroula, secouant ses larges épaules plus fortement qu'il venait de le faire. Ce sauvage du Nord ne connaissait que deux manières de vivre : boire de l'alcool et rire.

Heureusement, la conversation prit un autre tour. Cela pouvait bien être dû au fait que les autres convives n'aimaient pas à faire de Goi le centre de l'attention générale, même pour se moquer de lui. De toute manière, l'entretien sautait d'un sujet à l'autre. Et au moment où les provisions d'alcool et de mets touchaient à leur fin, l'attention de toute l'assistance fut absorbée par l'histoire d'un élève officier qui, voulant monter à cheval, mit les deux jambes dans le même trou de sa culotte de cuir. Mais Goi paraissait devenu sourd à toutes ces histoires.

Peut-être les deux caractères *Imo Gayu* (gruau
d'ignames) occupaient-ils toute sa pensée. Le
faisan rôti servi sous ses yeux ne tentait pas ses
baguettes. La coupe d'alcool noir laissait ses
lèvres indifférentes. Les mains sur ses genoux,
rougissant naïvement jusqu'à ses tempes déjà
envahies de neige comme une jeune fille qui
rencontre pour la première fois son fiancé, il
n'en finissait pas de regarder avec son sourire
niais son bol vide laqué de noir.

Quatre ou cinq jours plus tard, un matin,
deux hommes à cheval allaient lentement sur la
route de la Porte d'Awata, le long de la Kamo.
L'un d'eux, vêtu d'une robe de chasse bleu
foncé et d'une jupe de la même couleur, un
petit sabre sur la hanche, était un homme à la
barbe noire et aux tempes bien rasées. L'autre
était un officier quadragénaire, vêtu d'une misérable cotte bleu clair, doublée d'une mince robe
d'ouate. La ceinture négligemment nouée, le
nez rouge laissant tomber quelque humeur,
toute sa personne exprimait la pauvreté. Mais
leurs chevaux de trois ans, l'un roux, l'autre
rouan, étaient de si belles montures que les
marchands et les officiers qu'ils rencontraient se
retournaient sur leur passage. Les deux hommes
qui les suivaient à pas précipités pour ne pas
être distancés devaient être un serviteur et un
garçon d'écurie. Il serait superflu de dire qu'il
s'agissait là de Toshihito, de Goi et de leur suite.

Malgré la saison d'hiver, il faisait beau. Pas
un souffle de vent ne venait troubler les feuilles
mortes d'armoises hérissées aux bords du cours
d'eau qui murmurait dans son lit parmi les
pierres blanchies. Les branches effeuillées de
petits saules bordant la rivière chatoyaient sous
la lumière du soleil si limpide que même la
queue d'une bergeronnette haut perchée jetait
son ombre nette et mouvante sur la route.
C'était certainement le mont Hiei qui, par-
dessus le vert foncé du mont Higashi, dressait en
une ample courbe son épaule garnie de mousse
brûlée par le givre. Sur le fond de ce paysage,
les deux hommes, assis sur leur selle dont les
incrustations en coquillage scintillaient aux
rayons du soleil, se dirigeaient tranquillement,
sans fouetter leur monture, vers la Porte d'Awata.

— Eh bien ! Où voulez-vous me conduire ?
dit Goi, tirant les rênes que ses mains n'avaient
pas l'habitude de manier.

— Là-bas, pas très loin, ne vous inquiétez pas.

— Est-ce donc près de la Porte d'Awata ?

— Vous y êtes presque.

Ce matin-là, quand Toshihito avait invité Goi
à partir, il lui avait dit qu'ils se rendraient près
du mont Higashi, à un endroit où jaillissaient
des sources chaudes. Goi au nez rouge avait
pris cela au sérieux. Son corps, longtemps privé
de bain, le démangeait depuis quelques jours.
Manger du gruau d'ignames et prendre un bain

par-dessus le marché ! Quelle aubaine ! C'est
dans cet espoir qu'il avait enfourché le cheval
rouan que Toshihito lui avait fait amener. Mais
bien qu'ils fussent arrivés à l'endroit en question, Toshihito ne paraissait pas vouloir s'arrêter. Et voici qu'ils dépassaient la Porte d'Awata.

— Nous ne nous arrêtons donc pas à la Porte
d'Awata ? dit Goi.

— Non, mais un peu plus loin.

Toshihito, un léger sourire aux lèvres, se
détourna de Goi et fit avancer calmement son
cheval. Les maisons qui bordaient la route
devenaient de plus en plus rares et on ne voyait
plus sur les vastes rizières de l'hiver que des
corbeaux en quête de nourriture. La neige, à
l'ombre des montagnes, se confondant avec la
brume lointaine, s'estompait en fumée bleue.
Les branches épineuses, toutes raides, d'une cé-
rine, qui pointaient vers le ciel serein, faisaient
frissonner ceux qui les voyaient.

— Est-ce à Yamashina que nous allons ? demanda Goi.

— Nous sommes déjà à Yamashina. Nous
allons un peu plus loin.

Ils dépassaient en effet Yamashina. Que dis-
je ! Tout en devisant ainsi, ils laissaient déjà
Sekiyama derrière eux. Enfin peu après midi,
ils arrivèrent devant le Temple Mii où habitait
un moine que Toshihito connaissait depuis
longtemps. Ils lui rendirent visite et furent

retenus à déjeuner. Puis, en hâte, ils enfourchè-
rent leur monture et continuèrent leur route.
Le chemin sur lequel ils s'engageaient devenait
désert. Et c'était une époque d'insécurité, les
brigands sévissant partout. Goi, son dos déjà
voûté encore plus courbé, levant un regard
interrogateur vers le visage de Toshihito, demanda :

— On continue encore ainsi ?

Toshihito ébaucha un sourire. C'était le sourire que l'enfant adresse à l'adulte quand son
espièglerie va être découverte. Les plis qui se
formèrent au bout de son nez et l'état relâché
des petits muscles aux coins de ses yeux trahis-
saient l'indécision dans laquelle il se trouvait :
allait-il rire ou feindre la gravité ? Il finit par
avouer :

— À vrai dire, c'est à Tsuruga que je voudrais
vous conduire.

En riant, il désigna le ciel qui s'étendait au
loin, du bout de son fouet, sous la ligne duquel
on pouvait voir le lac Omi refléter avec éclat les
rayons du soleil déclinant.

Goi s'affola.

— Vous dites Tsuruga ? Est-ce Tsuruga de
la province d'Echizen ?... de la province
d'Echizen ?

Goi n'ignorait pas que Toshihito, devenu
gendre de Fujiwara Arihito, habitant de Tsuruga,
séjournât souvent là-bas. Mais il ne lui était pas

encore venu à l'idée que l'autre voulût l'y amener. D'abord, comment imaginer que l'on pût aller sans encombre, accompagnés seulement de deux serviteurs, à cette province d'Echizen que montagnes et rivières séparaient de la capitale ? Enfin, n'avait-on pas entendu dire un peu partout ces jours-ci que des voyageurs avaient été assassinés par des brigands ? L'air suppliant, Goi regarda le visage de Toshihito :

— Grand Dieu !... Lorsque j'entends Higashiyama, c'est Yamashina. Lorsque j'entends Yamashina, c'est le Temple Mii ! Et finalement il s'agit de Tsuruga en Echizen. Quelle histoire ! Si vous aviez voulu m'en informer dès le début, nous aurions pu amener plus de gens... Tsuruga ! Grand Dieu ! murmurait-il, au bord des larmes.

Si l'idée de se « rassasier de gruau d'ignames » n'était venue l'encourager, il aurait immédiatement quitté Toshihito pour retourner seul à Kyôto.

— Un Toshihito vaut mille hommes ! Ne vous inquiétez pas pour la route, lui dit son compagnon.

Toshihito, le sourcil haussé, se moqua ainsi de l'affolement de Goi. Puis, appelant son écuyer, il endossa le carquois en forme de pot que ce dernier portait pour lui et reçut de ses mains un arc laqué de noir qu'il posa en travers de la selle ; et il prit la tête du petit groupe. Dès lors,

le timide Goi ne pouvait faire autrement que
de s'incliner sans mot dire devant cette décision. Il regarda, non sans inquiétude, les vastes
plaines désertes qui s'étendaient autour de lui
et, marmonnant sans conviction des passages du
Soûtra de Kannon, son fameux nez rouge tout
contre le pommeau de sa selle, il continua, la
mort dans l'âme, une chevauchée qui n'était
point dans ses habitudes.

La plaine où résonnaient les fers des chevaux
était, à perte de vue, couverte de roseaux morts.
Les étangs qui se trouvaient çà et là reflétaient
l'azur du ciel en une telle frigidité que cet après-
midi d'hiver semblait s'y glacer tout simplement.
À l'horizon, une chaîne de montagnes aux nei-
ges éternelles, que le soleil déjà de l'autre côté
de la crête n'éclaboussait plus, s'étirait en mau-
ves assombris. Mais la triste profusion des herbes
coupantes empêchait souvent les deux serviteurs à pied de voir ce paysage. Tout à coup,
Toshihito se tourna vers Goi et l'interpella :

— Tenez, voilà un messager, de bon augure
peut-être. On va lui confier une mission pour
Tsuruga.

Goi, qui ne parvenait pas à saisir le sens des
paroles de Toshihito, regarda craintivement
dans la direction que ce dernier indiquait avec
son arc. Ce n'était évidemment pas un endroit
où l'on pût s'attendre à voir même l'ombre
d'un être humain. Cependant, au loin, dans les

broussailles entrelacées de tiges d'églantiers, passait, à pas lents, un renard au pelage dru éclairé par les rayons obliques du soleil couchant. On ne l'eut pas plutôt aperçu que l'animal, s'élançant d'un bond, prit brusquement la fuite. Mais déjà, avec un claquement de son fouet, Toshihito avait lancé son cheval à sa poursuite. Goi, effaré, le suivit. Les écuyers, leur emboîtant le pas, ne se laissèrent pas distancer. Pendant quelques instants, le bruit des fers des chevaux sur les pierrailles rompit le silence de la plaine. Soudain, Toshihito arrêta sa monture. À peine eut-on le temps de le voir capturer le renard dont il avait saisi les pattes de derrière que, déjà, l'animal pendait, la tête en bas, à côté de la selle. Après l'avoir traqué, jusqu'à épuisement de ses forces, Toshihito l'avait sans doute coincé sous les pieds de son cheval. Essuyant hâtivement de sa main la sueur qui perlait aux bouts de sa moustache clairsemée, Goi le rejoignit à grand-peine.

— Écoute bien, renard ! dit Toshihito d'une voix apparemment grave, élevant l'animal à hauteur de son visage. Tu te présenteras, avant la fin de la nuit, à ma maison de Tsuruga et tu diras : « Toshihito regagnera son domaine avec un hôte inattendu. Demain, vers l'heure de *Mi*, il faut envoyer des serviteurs à leur rencontre avec deux chevaux sellés. » Surtout ne te trompe pas !

Sur ce, Toshihito secoua le renard qu'il lança dans un fourré.

Les deux serviteurs qui venaient de rejoindre Toshihito, le regard fixé sur l'animal qui s'enfuyait, s'esclaffèrent en battant des mains :

— Il court ! Il court !

Son dos couleur de feuille morte éclairé par le soleil couchant, le renard s'éloigna rapidement, tout droit, foulant les racines et les pierres. De l'endroit où ils étaient, Toshihito et sa suite dominaient parfaitement la fuite éperdue de l'animal. La poursuite du renard les avait menés, à leur insu, jusqu'à un endroit un peu surélevé d'où la plaine légèrement inclinée descendait rejoindre le lit asséché de la rivière.

— Vraiment, c'est un messager extraordinaire, témoin de votre magnanimité ! s'écria Goi.

Laissant paraître naïvement son respect et son admiration, il regarda à nouveau le visage de ce guerrier indomptable capable de commander à tous, voire à un renard. Il en oublia même de réfléchir à la grande distance qui pouvait le séparer de Toshihito. Il voyait un signe de plus grande sécurité dans l'élargissement du champ d'action de la volonté de Toshihito, volonté dont il dépendait, comme s'il eût ainsi plus de liberté. C'est, paraît-il, en de semblables circonstances que la flatterie germe le plus spontanément dans un cœur. Le lecteur, je l'espère, ne doutera pas trop hâtivement de l'ingénue naïveté de Goi, pour la seule raison qu'il croit avoir décelé quelque semblant de flatterie dans l'attitude de notre héros.

Le renard lancé par Toshihito dégringola le long du talus, sauta adroitement de pierre en pierre sur le lit desséché de la rivière, escalada à toute vitesse le versant opposé. Tout en grimpant, l'animal tourna la tête. Il vit l'officier qui l'avait capturé arrêté avec sa suite sur l'autre bord ; les têtes des chevaux se tournaient vers lui ; et les silhouettes des cavaliers lui paraissaient aussi minces que ses doigts. Dans l'air glacé de givre, les deux chevaux, l'un roux, l'autre rouan, se découpaient, plus nets que dans un tableau, sur le fond empourpré du couchant.

Le renard, redressant la tête, reprit sa course effrénée à travers les herbes coupantes et desséchées.

Le lendemain, vers l'heure de serpent comme prévu, les voyageurs arrivèrent aux environs de Takashina, petit village au bord du lac Biwa. Sous le ciel sombre qui faisait contraste avec le temps radieux de la veille, seules quelques rares maisons à toit de chaume s'éparpillaient çà et là. À travers les pins du rivage, on apercevait le lac glacé dont la surface terne et finement ridée rappelait un miroir qu'on eût oublié d'essuyer. Arrivé à cet endroit, Toshihito se tourna vers Goi et lui dit :

— Regardez là-bas. Des hommes viennent à notre rencontre.

Goi regarda. En effet, sur le bord du lac, une vingtaine d'hommes, peut-être même plus, les uns à cheval, les autres à pied conduisant deux chevaux sellés, se hâtaient vers nos voyageurs à travers les pins. Les manches de leur cotte s'agitaient au vent glacial. Bientôt, parvenus à une certaine distance, les cavaliers descendirent précipitamment de cheval, tandis que le reste de la troupe s'agenouillait sur le bord du chemin pour attendre respectueusement l'arrivée de Toshihito.

— Le renard m'a l'air d'avoir bien fait parvenir mon message, dit Toshihito.

— C'est un animal qui connaît l'art de se métamorphoser. Pour lui, un pareil service n'a rien d'extraordinaire, répondit l'autre.

Là-dessus, ils atteignirent l'endroit où les attendaient les arrivants.

— Je suis touché de votre empressement, leur dit Toshihito.

Ceux qui étaient à genoux se relevèrent au plus vite pour prendre les rênes des chevaux des deux voyageurs. L'animation gagna rapidement toute la troupe.

À peine les deux hommes se furent-ils assis sur une peau de bête qu'un serviteur aux cheveux blancs, vêtu d'une cotte rouge, se présenta devant Toshihito et lui parla en ces termes :

— La nuit dernière, il s'est produit un événement étrange.

— Quel événement ? demanda sans sourciller Toshihito qui ne cessait pour autant de s'occuper de Goi, l'invitant à partager le bidon de bambou et la gamelle de bois que ses serviteurs avaient apportés.

— Voici ce qui s'est passé, continua l'autre. Avant minuit, vers l'heure de *chien*, notre dame est soudain tombée en transes. Elle nous a dit : « Je suis le renard de Sakamoto ! Approchez et écoutez bien les instructions que notre Seigneur m'a chargée aujourd'hui de vous communiquer. » Lorsque tout le monde se trouva réuni devant elle, notre dame poursuivit : « Notre maître va venir ici avec un hôte inattendu. Pour les accueillir, demain, à l'heure de *serpent*, envoyez des hommes avec deux chevaux sellés aux environs de Takashina. »

— C'est vraiment un événement extraordinaire ! dit Goi, qui regarda tour à tour le visage de Toshihito et celui de ses serviteurs, et adressa aux deux parties un signe d'intelligence afin de satisfaire tout le monde.

— Elle n'a pas seulement dit cela, mais, en tremblant comme si elle était menacée, elle a ajouté : « Ne tardez pas. Sinon je serais punie par mon maître. » Et elle n'a pas cessé de pleurer.

— Continue ! Que lui est-il arrivé ensuite ? demanda Toshihito.

— Ensuite, elle est tombée dans un sommeil profond. Elle n'était pas encore réveillée, je crois, lorsque nous sommes partis.

— Qu'en pensez-vous ? dit fièrement Toshihito à Goi après avoir écouté le rapport de son serviteur. Même les animaux se mettent au service de Toshihito.

— Franchement, je suis stupéfait ! dit Goi, qui gratta son nez rouge ; il fit un signe de tête et prit à dessein un air béat d'admiration.

Sa moustache retenait quelques gouttes de l'alcool qu'il venait de prendre.

Cette nuit-là, dans une chambre du pavillon de Toshihito, Goi, qui n'arrivait pas à s'endormir, regardait distraitement la flamme d'une petite lampe à huile. Alors, dans son esprit, repassèrent l'un après l'autre tous les sites qu'il avait vus dans la journée en bavardant avec Toshihito et sa suite, collines couvertes de pins, ruisseaux, plaines désolées, herbes, feuilles, pierres, champs aux odeurs de fumée... Il se souvenait en particulier de ce soulagement qu'il avait éprouvé lorsque, dans le brouillard mauve du

soir, il était enfin arrivé à cette maison et qu'il
avait vu trembler les flammèches rouges d'un
brasero de forme oblongue... Maintenant,
confortablement étendu sur un lit, il songeait
de nouveau à tout cela comme s'il s'agissait
d'événements anciens. Les jambes allongées
sous la couverture jaune en forme de sac gon-
flée d'ouate de cinq ou six *sun* d'épaisseur, très
détendu, Goi ramena distraitement ses regards
sur lui-même.

Sous la couverture que Toshihito lui avait
prêtée, Goi était enveloppé de deux robes jaune
clair doublées de coton. Cela seul eût suffi à le
réchauffer jusqu'à le faire transpirer ; et il avait
bu une coupe d'alcool pendant le dîner. Au-
dehors, de l'autre côté d'une cloison aménagée
près de son chevet, s'étendait le jardin glacé de
givre. Mais l'état d'engourdissement agréable
où il se trouvait le lui faisait oublier. Il était à
cent lieues de tout ce qu'il avait été dans sa
chambre d'officier à Kyôto. Ce qui n'empêchait
pas une inquiétude insolite de s'introduire dans
son cœur. Avant tout, il s'impatientait de la lenteur avec laquelle le temps s'écoulait. Et puis il
souhaitait secrètement que la fin de la nuit,
c'est-à-dire l'heure attendue pour manger le
gruau d'ignames, ne vînt pas trop tôt. Sous ces
deux sentiments contradictoires se cachait aussi,
glaciale comme le temps de cette nuit-là, une
instabilité d'humeur due au brusque chan-

gement de sa situation et qui ne permettait pas
à cette chaleur dont il avait enfin la chance
d'être envahi, de l'entraîner facilement dans le
sommeil.

Tout à coup il entendit une voix dans le
jardin. Le timbre lui en rappela ce serviteur à
cheveux blancs venu au-devant de lui dans la
journée. La voix paraissait annoncer quelque
chose. Sèche, elle résonnait dans le jardin gelé
et chacun des mots qu'elle lançait semblait
pénétrer Goi jusqu'aux os, tel un vent d'hiver.

— Habitants de ces parages ! Écoutez bien !
Voici l'ordre de notre maître. Que tous, jeunes
et vieux, apportent à sa Résidence demain
matin, à l'heure de *lièvre*, une igname de cinq
shaku de long et trois *sun* de diamètre. N'oubliez
pas. Je répète, à l'heure de lièvre.

Cette annonce fut répétée deux ou trois fois,
puis l'homme, sembla-t-il, se retira. Le silence
de la nuit d'hiver se rétablit. Dans ce silence,
l'huile de la petite lampe grésillait, et, semblable
à un morceau de coton rouge, la flamme trem-
blotait. Goi, étouffant un bâillement, plongea à
nouveau dans ses paresseuses pensées. Les ignames ! Nul doute qu'on en fît apporter pour
préparer le gruau. Sur cette réflexion, revint,
insidieuse, l'inquiétude dont il s'était laissé un
moment distraire par les bruits du dehors. Mais,
cette fois, c'était le désir de ne pas être servi trop
tôt en gruau d'ignames qui l'emportait, jusqu'à

en devenir une obsession. La réalisation devenue si aisée de son rêve de toujours ne rendait-
elle pas dérisoire la patience avec laquelle il
l'avait attendue ? La marche idéale de l'événement ne pourrait-elle donc être ainsi : un obstacle imprévu viendrait d'abord rendre vain son
espoir de manger du gruau d'ignames, puis, cet
obstacle levé, il pourrait enfin se mettre à table
tranquillement... ? Pendant que ces pensées
tournoyaient comme des toupies dans sa tête,
la fatigue du voyage entraîna insensiblement
Goi dans un profond sommeil.

Le lendemain matin, dès qu'il se fut éveillé,
l'histoire des ignames de la veille revenant à
son esprit, Goi se précipita à la cloison qu'il fit
glisser et regarda au-dehors. Peut-être avait-il
trop bien dormi, l'heure de *lièvre* semblait déjà
passée. Sur les nattes de forme oblongue qui
tapissaient le vaste jardin, des choses semblables
à des bois de grume s'entassaient, au nombre de
deux ou trois mille, jusqu'à toucher l'avant-toit
oblique couvert d'écorce de sapin. C'étaient
des ignames d'une extraordinaire grosseur, de
cinq *shaku* de long et de trois *sun* de diamètre.

Goi qui frottait ses paupières encore lourdes
de sommeil fut saisi d'affolement, presque de
panique. Étourdi, il regarda autour de lui. Dans
le jardin, au-dessus de feux de camp qui paraîs-
saient nouvellement dressés çà et là s'alignaient
cinq à six chaudrons autour desquels plusieurs

dizaines de servantes vêtues de coton blanc s'af-
fairaient, activant le feu, grattant les cendres,
versant dans des marmites le jus de cannelle
douce avec des seaux de bois neuf. Tout le
monde se consacrait frénétiquement à la pré-
paration du gruau d'ignames. Les fumées sor-
ties de dessous les chaudrons et les vapeurs se
joignaient au brouillard matinal qui traînait
encore par tout le jardin et, dans l'imprécise
grisaille, les flammes ressortaient vivement. Aux
yeux et aux oreilles de Goi, le spectacle et le
vacarme étaient semblables à ceux d'un champ
de bataille ou d'un incendie. Il pensa encore une
fois que cet immense amoncellement d'ignames
allait se transformer en gruau dans ces énormes chaudrons et qu'il avait pour en manger
effectué exprès un voyage de Kyôto à Tsuruga,
en Echizen. Plus il y réfléchissait, et plus cela
lui semblait décourageant. Et le sympathique
appétit de notre Goi était déjà, à vrai dire, en
grande partie dissipé.

Une heure plus tard, Goi prenait place devant
son plateau de déjeuner avec Toshihito et Arihito, beau-père de ce dernier. Devant lui on
servit une énorme soupière à anse d'argent qui
pouvait contenir quatre litres et dans laquelle
le terrible gruau d'ignames avait été versé à flots.
Goi avait, tout à l'heure, longuement contemplé une dizaine de jeunes gens : adroits à manier
des couteaux à lame mince, ils découpaient

rapidement en tranches fines, d'un bout à
l'autre, les ignames amoncelées jusqu'à l'avant-
toit. Il avait également observé les servantes
qui, se démenant ici et là, jetaient le tout dans
d'énormes chaudrons. Il avait vu, enfin, quand
toute cette montagne d'ignames eut disparu de
la surface des nattes, les colonnes de vapeurs
chargées des odeurs d'ignames et saturées de
cannelle douce s'élever largement dans le ciel
du matin. On comprend facilement que Goi,
témoin de ce spectacle, avait l'estomac satisfait
avant même de toucher au gruau servi dans
l'énorme soupière. Un peu confus, il essuya les
sueurs de son front.

— On m'a dit que vous n'avez jamais été
rassasié de gruau d'ignames, mangez-en donc,
je vous prie, à votre faim, lui dit Arihito, qui
donna aux jeunes serviteurs l'ordre d'ajouter
encore des soupières sur le plateau de Goi.

Le gruau les emplissait à pleins bords. Goi,
les yeux fermés, son nez déjà rouge rougissant
encore, prit la moitié à peine d'une soupière
dans un grand bol de terre cuite et le vida
péniblement.

— Comme mon beau-père vous l'a dit, ne
vous gênez pas, sourit méchamment Toshihito,
qui lui offrit une nouvelle soupière. Goi fut dans
un grand embarras. À vrai dire, il n'avait plus,
et ce depuis le début, la moindre envie de manger du gruau. Il s'était cependant forcé pour

consommer la moitié de la soupière. S'il en prenait encore, il vomirait avant même de l'avaler. D'autre part, s'il refusait, il offenserait l'amabilité de Toshihito et d'Arihito. Là-dessus, il but le tiers de ce qui restait dans la soupière. Ensuite, il lui fut absolument impossible de prendre une gorgée de plus.

— Je vous suis bien obligé, Seigneur ! Je suis rassasié !... Je ne sais vraiment comment vous remercier, parvint-il à dire à grand-peine.

Sa gêne était telle que, malgré la saison d'hiver, des gouttes perlaient sur sa moustache et au bout de son nez.

— Mais vous ne mangez plus ? Il me semble que notre invité est trop discret... Serviteurs !... Qu'attendez-vous ? Servez ! Servez !

Obéissant à cet ordre, les serviteurs allaient présenter à Goi une nouvelle soupière de bouillie. Mais lui, agitant ses mains comme pour chasser des mouches, se décida à refuser catégoriquement :

— Non ! Je suis déjà rassasié... Excusez-moi, je n'en puis plus.

Arihito aurait peut-être continué à insister pour que Goi prenne du gruau, si, juste à ce moment-là, Toshihito, montrant du bout du doigt le toit de la maison d'en face, n'avait dit : « Regardez là-bas. » Sa voix, fort heureusement, détourna l'attention de tous vers le toit en question qui, couvert d'écorce de sapin, s'éclairait

aux rayons du soleil matinal. Au milieu de cette
lumière, une bête au pelage chatoyant était
assise sagement. On reconnut le renard sauvage
de Sakamoto que Toshihito, l'avant-veille, avait
attrapé de ses mains dans la plaine aux herbes
coupantes.

— Il paraît que le renard, lui aussi, s'est pré-
senté ici pour partager le gruau d'ignames !
Serviteurs ! Donnez-lui à manger ! dit Toshihito.

Son ordre fut immédiatement exécuté. Le
renard, sautant sur le sol, prit part à la ripaille.

Tout en regardant le renard laper le gruau,
Goi se ressouvenait avec nostalgie de ce qu'il
avait été avant de venir ici, lui, l'objet des raille-
ries des officiers, ses compagnons, lui à qui les
enfants de la capitale eux-mêmes avaient lancé
ce quolibet « Eh ! Nez rouge ! » lui qui, tel un
caniche égaré, misérable et solitaire, avait rôdé
dans l'avenue Suzaku vêtu d'une cotte fanée et
d'une culotte, mais qui avait jalousement gardé
pour lui seul cet heureux rêve de gruau d'ignames... Libre de ne plus manger le gruau, Goi se
sentit soulagé et les gouttes de sueur de son
visage séchèrent peu à peu, à partir du bout de
son nez.

Ce matin-là, à Tsuruga, le vent froid était
pénétrant. Goi couvrit en hâte son nez de ses
mains et éternua fortement vers la soupière
d'argent...

(Août 1916.)